나는 악녀가 되기로 결심했다

나는 악녀가
되기로
결심했다

심은영 지음

건망증이 생겼다.

사소한 일에도 짜증이 심해졌다.

아무것도 하고 싶지 않은 무기력이 날 지배했다. 미래에 대한 희망은 없고 과거에 대한 후회만 가득했다. 단순히 피곤해서라고 생각했다. 경력이 늘면 경험이 쌓여 일이 쉬워질 거라 기대했건만, 경력이 많다는 이유로 업무는 오히려 늘어나기만 했다.

새벽 6시. 일어나자마자 출근했다. 딴생각을 할 틈도 없이 업무에 치이고, 커피 한 잔의 여유도 없이 바삐 움직였다. 업무 한 가지를 끝내고 한숨을 쉬고 있으면 업무 두 가지가 쌓이는 하루하루가 반복되었다.

밤 10시. 퇴근하자마자 침대에 누웠다. 다들 그렇게 산다고 생각했다. 언제부터인가 잠이 오지 않기 시작했다. 너무 피곤해서 온몸의 근육이 쑤시고 결리는데, 우툴두툴 붉은 핏발이 선 눈은 뜨고 있기 힘들 정도인데 잠이 오지 않았다.

대신 온몸의 신경이 날카롭게 곤두서기 시작했다. 이 생각, 저 생각, 모두가 부정적이고 절망적인 생각들.

밤새도록 생각했다. 누군가를 원망하고, 누군가에게 분노하고, 누군가에게 복수하는 상상을 하면서 새벽을 기다렸다.

수면이라는 휴식을 취하지 못한 몸은 금세 망가지기 시작했다. 감기, 하혈, 위경련, 허리 디스크, 사구종…… 게다가 수면 부족에 따른 집중력 저하로 업무 속도가 늦어지고 실수가 많아졌다.

처음에는 술을 마시기 시작했다. 알코올로 인해 둔해지는 감각이 맘에 들었다. 술에 취하면 하루 종일 나를 억누르던 스트레스도 별것 아닌 것처럼 느껴졌다. 그래서 점점 더 술을 많이 마시기 시작했다.

친구들과 가족이 알코올중독을 걱정할 정도로 술을 마시는 횟수와 양은 늘어났다. 하지만 나는 술을 줄이라는 그들의 충고를 듣지 않았다. 술을 마셔야 상처들이 희미해지고, 술을 마셔야 모든 것을 잊고 잠들 수 있었다.

과중한 업무만이 문제가 아니었다. 모든 일의 시작은 결국 인간이었다.

무능력하지만 운 좋게 승진한 상사는 업무에 대해 하나도 알지 못하면서 트집을 잡기 바쁜 데다 전혀 쓸모없는 업무를 만들어내기 일쑤였고, 모욕적인 언사를 하는 것이 자신의 권위를 내세우는 태도라고 여기는 한심한 인간이었다.

시기와 질투로 똘똘 뭉쳐 사소한 일에도 날 깎아내리려 하는 동료는 아부와 이간질의 달인으로 은근슬쩍 자신의 일을 떠넘기는 것도 모자라 성과는 가로채고, 실수는 뒤집어씌우는 파렴치한 인간이었다.

인간관계를 중요시하는 후배는 인간관계를 관리하느라 언제나 업무를 제시간에 마치지 못해 내가 마무리해야 했고, 어쩌다 제시간에 마감한 업무는 실수투성이라 오히려 더 많은 일을 만들어내는 신기한 재주가 있는 인간이었다.

퇴근하자마자 미친 사람처럼 술을 들이켜고 정신을 잃어버려야 겨우 현실을 견딜 수 있는 나날이었다. 그렇게 1년, 나는 더 이상 술을 마시고도 잠들지 못했다.

처음에는 약국에서 파는 수면유도제를 먹기 시작했다. 의사의 처방 없이 살 수 있는 수면유도제의 내성은 금세 드러났다. 한 상자에 열 알, 2천 원. 술과 함께 열 알을 모두 삼켜도 잠은 오지 않았다. 그 싸구려 위안마저 허락되지 않는 시간이었다.

취한 정신은 감정기복을 극대화했다. 억울하고, 분노하고, 짜증나고, 슬프고……. 세상의 모든 부정적 감정이 내 속을 가득 채우고 넘쳐흘렀다. 감정이 날 찌르고, 쑤시고, 할퀴었다. 너무 고통스러워서 참을 수가 없었다.

아파트 14층, 거실 유리창 밖으로 보이는 어두운 하늘. 날아오르고 싶었다. 텅 빈 허공으로 한 발만 내디디면 고통에서 자유스러울 터였다.

그 충동의 실행 직전, 난 신경정신과를 찾아갔다. 진단은 예상대로 심각한 우울증. 의사는 정신과 병동 입원까지 권유했다. 나는 누구에게도 내 병을 알리고 싶지 않았다.

하지만 항우울증제의 강도는 정신뿐만 아니라 몸도 혼미하게 만들었다. 하루 종일 졸리고 멍했다. 옆에서 누가 흔들어도 멍한 상태에서 깨어나지 못할 만큼 집중력이 약해졌다. 한 마디로 눈만 뜨고 있는 바보가 되어버렸다. 그래도 내 몸 세포 하나하나에 스며든 우울은 좀처럼 사라지지 않았다.

결국 나는 휴직원을 제출했다. 1년의 시간, 난 내 안의 부정적인 감정을 없애기 위해 많은 노력을 기울였다. 그 노력 중 하나가 타인의 불행한 삶을 들여다보는 것이었다. 그들이 자신의 불행을 극복하는 방식을 통해 배우려 했다.

그러던 중 이상한 사실 하나를 깨달았다. 똑같은 방식으로 고난과 역경을 극복했는데도 남녀에 따라 비난의 정도나 강도가 달랐다. 아니, 오히려 여자의 업적이 훨씬 뛰어난데도 남자는 성군이 되고, 여자는 폭군이 되었다.

여자는 어떤 업적을 이루었는지와 상관없이 문란한 사생활만으로 '악녀'라는 수식어가 붙어버렸다. 철저히 남성적 시각에서 판단한 역사였다.

나는 '보편적'이고 '무조건적'인 윤리나 가치가 존재하지 않는다고 생각한다. 시대, 사회, 상황에 따라 윤리나 가치는 변화한다.

수백 년 전만 해도 인간은 계급이 나뉘어 있었고, 노예는 주인 마음대로 사고팔거나 죽여도 상관없는 존재였다. 아니, 멀리 갈 것도 없다. 지금도 인도에서는 카스트제도가 엄연히 유지되고 있다.

어떤 나라에서는 일부다처제가, 어떤 부족에서는 일처다부제가 버젓하게 실현된다. 동성의 결혼을 찬성하는 나라도 있고, 형사취수제*를 당연하게 여기는 부족도 있다. 심지어 독일에서는 남녀의 성기를 모두 가지고 태어난 인터섹스의 경우 부모가 마음대로 성별을 정해 수술을 하지 않고 아이가 결정할 수 있도록 '제3의 성별'을 법으로 정하기도 했다.

그러니까 내 말은, 악녀라고 해서 정말 나쁜 짓만 주야장천 하지는 않았다는 것이다. 그녀들은 그저 남성 중심의 사회에서 살아남기 위해 발버둥을 쳤을 뿐이다. 그리고 결국 자신의 재능과 능력을 인정받아 역사에 이름을 남겼다.

인간이 악한 것이 아니라 상황이 악한 인간을 만들어낸다고 했다. 악녀라 불리는 그녀들의 삶은 그리 녹록지 않았다. 하지만 그녀들은 수많은 역경과 고난에도 굴복하지 않았다. 그저 살아내는 것만으로도 힘겨웠을 그 삶을 성공으로 이끌었다는 사실만으로도 그녀들은 존경받을 만하다.

그녀들처럼 위대한 업적을 세우거나 역사에 흔적을 남길 수는 없어도 그저 우울증이라는 병과의 싸움에서 패해 생을 마

---

* 형이 죽으면 동생이 형수와 결혼하는 제도.

감하고 싶지는 않았다. 어쩌면 삶은 살아내는 것만으로도 의미가 있는 게 아닐까. 위대한 업적으로 사회에 공헌하거나 대단한 성공으로 나라를 빛내는 것만이 꼭 훌륭한 삶은 아니다.

남들이 보기에는 하찮은 고민에 불과해도 나에겐 인생을 뒤흔들 고난일 수도 있다. 남들이 보기엔 보잘것없는 일에 매달려 슬퍼하는 것처럼 보여도 나에겐 몸 안의 수분을 모두 쏟아낼 아픔일 수도 있다. 남들이 보기엔 사소한 상처에 불과해도 나에겐 견딜 수 없는 고통일 수 있다.

인생은 어쩌면 나에게만 닥치는 것 같은 그 불행을 견디면서 그저 삶을 포기하지 않는 것만으로도 대단한 것이 아닐까 한다.

삶을 다시 부여잡기 위해, 고난과 역경을 극복해낸 악녀들을 내 삶의 모델로 삼기로 결정했다. 그들의 삶을 철저히 파헤쳐 그들의 삶의 방식을 본받을 것이다.

그렇게 나는 악녀가 되기로 결심했다.

01

하고 싶은 말을
참지 마라

도로시 파커(Dorothy Parker)

본명 도로시 로스차일드(Dorothy Rothschild)
출생 1893년 8월 22일, 미국 뉴저지 롱브랜치
사망 1967년 6월 7일, 미국 뉴욕시(향년 73세)

다시 시작하라

면도칼은 아프고;

강물은 축축하며;

산은 얼룩을 남기고;

약물은 경련을 일으킨다.

총은 불법이고;

올가미는 풀리며;

가스는 냄새가 고약하므로;

차라리 사는 게 낫다.

– 도로시 파커

Dorothy Parker

다짜고짜 마음대로 찾아간 취업 인터뷰, 자신의 비문은 "먼지를 일으켜서 죄송합니다"라고 쓰겠다면서 자신의 죽음마저 풍자의 대상으로 삼았던 여자.

마지막 남편이 죽은 뒤 이웃 여자가 뭘 도와주면 되겠느냐고 물었을 때 "다른 남편 하나 구해주세요. 아니면 호밀빵 햄 치즈샌드위치를 가져다주시든가요. 마요네즈는 넣지 말고요"라고 대답했던 냉정하고 용감한 여자.

친구 트루먼 커포티[1]가 책 출간 기념회에 자신을 초대하지 않자 "난 아직 살아 있는 것 같은데"라고 유머러스하게 분노를 표현할 줄 알았던 여자.

글을 쓰는 도중 전화벨이 울리면 "아무도 없어!" 하고 소리 지르며 신경질을 내고 전화를 끊어버렸던 여자.

죽기 전에 "이제는 내 차례다"라는 비문을 하나 더 만들었던 여자.

미국 최악의 매춘업자로 불리는 폴리 애들러[2]와 어울리며 당당하게 뉴욕 최대의 매춘업소에 드나들었던, 타인의 시선 따위는 무시했던 여자.

평생을 알코올중독으로 살았지만 술을 끊을 생각이 전혀 없었던 여자.

오히려 조금이라도 오래 술 취한 상태를 즐기기 위해 조니 워커를 마셨다 뱉어냈던 여자.

세 번의 결혼과 수많은 연애를 하면서도 양성애자라는 것을 뒤늦게 깨달았다던 복잡한 여자.

집 없이 떠돌면서 호텔을 집으로 삼았던 여자.

결국 호텔 청소부에게 시신이 발견된 여자.

그녀는 바로 날카로운 풍자와 재치 있는 유머로 유명한 미국의 작가, 시인, 비평가 도로시 파커이다.

주요 작품으로는 《충분한 밧줄Enough Rope》, 《일몰의 총 Sunset Gun》 등이 있으나 현재 국내에는 발간된 작품이 없다.

《금발머리Big Blonde》로 1929년 오헨리상을 수상했으며, 영화 〈스타 탄생A Star is Born〉의 시나리오로 아카데미에 노미네이트되기도 했다.

화려한 뉴요커의 전형적인 모습이라 불리는 도로시 파커의 어린 시절은 그리 행복하지 않았다. 친모는 다섯 살에 사망했고, 계모는 아홉 살에 사망했으며, 스무 살에 아버지가 사망하자 댄스학원에서 피아노 연주를 하며 생계를 유지하기도 했다.

그녀는 아버지와 계모가 육체적 학대를 했다고 주장하기도 했다. 유명세에 비해 도로시 파커의 어린 시절에 대해서는

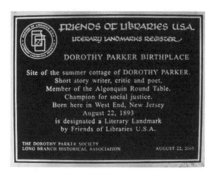

도로시 파커 생가의 기념비
도로시 파커가 태어난 뉴저지의 롱브랜치 자택은 2005년 미국 도서관우정협회(Friends of Libraries USA)에 의해 국립 문학명소로 지정되었다. 어머니가 만삭일 때 여름휴가를 떠났는데 예정보다 일찍 태어나는 바람에 도로시 파커는 법적으로 뉴욕 태생이 아니다.

DOROTHY PARKER
1893-1967
The popular poet, critic, short story
writer, screenwriter and champion
for social justice lived here as a
teenager. Parker resided here with
her father, J. Henry Rothschild, in 1910.

도로시 파커가 어린 시절을 보낸 집

뉴욕시 웨스트 80번가에 있는 어린 시절의 집은 도로시 파커 투어에 꼭 포함되어 관광객들이 많이 찾는 명소이다. 도로시 파커의 방으로 추정되는 2층 창문에 기념현판과 인형이 걸려 있다. 도로시 파커는 에세이 〈나의 고향(My Hometown)〉에서 그녀의 부모님이 노동절 직후 맨해튼 아파트로 돌아오면서부터 자신은 진정한 뉴요커가 되었다고 썼다.

확인되지 않은 이야기가 난무한다. 어떤 전기 작가는 파커가 학대를 당했다는 건 거짓말이라고 주장한다. 미스 다나 스쿨 Miss Dana's School을 졸업했다는 것에 관해서도 작가마다 의견이 분분하다.

도로시 파커의 인생은 미국의 콘데나스트 퍼블리케이션즈가 〈보그〉와 함께 발간하는 잡지 〈배너티 페어Vanity Fair〉에서 연극비평을 하면서부터 그나마 분명히 드러난다. 문화와 패션 기사가 대부분을 차지하는 〈배너티 페어〉에서 재치 있는 독설이 담긴 도로시 파커의 연극비평은 꽤 인기가 있었다.

파커는 그 시대의 거의 모든 작가와 활발히 교류했다. 찰스 맥아더,[3] 슈워드 콜린스,[4] 로버트 벤츨리,[5] 스콧 피츠제럴드,[6] 릴리언 헬만,[7] 대실 해미트,[8] 로스 에반스[9] 등 수많은 작가들과 가까운 관계였으며, 아는 남성과는 대부분 연인관계로 발전했다. 파커가 악녀라 비난받는 이유는 그 끊임없고 복잡한 연애사 때문이었지만, 그 관계는 언제나 오래가지 못했다.

결혼도 세 명과 네 번이나 했지만 모두 결말이 좋지 않았다. 파커는 1917년 월스트리트 주식중개인 에드윈 폰드 파커 2세과 결혼했다가 1928년 이혼했다. 하지만 파커는 여러 번의 결혼에도 불구하고 첫 남편의 성을 계속 썼다. 그 후 법원 보호관찰관 앤 E. 오브라이언과 재혼했으나 그는 치과에서 진통

도로시 파커와 앨런 캠벨
도로시 파커와 앨런 캠벨은 결합과 재결합을 반복했고, 결혼 도중에도 서로 끊임없이 바람을 피웠다. 둘은 15편 이상의 영화를 공동으로 작업했으며, 아카데미에 노미네이트된 〈스타 탄생〉도 공동 작업 작품이다.

을 줄이기 위해 처방한 수면제를 과다 복용해 사망했다.

마지막 남편인 앨런 캠벨Alan Campbell(1904년~1963년)과는 꽤 오랜 시간을 함께했다. 열한 살 연하인 캠벨은 시나리오 작가이자 배우였다. 1934년 결혼한 그들은 할리우드에서 여러 공동 프로젝트를 진행시켜 성공했다. 하지만 도로시 파커의 알코올중독, 캠벨의 여자 문제 등으로 갈등이 커져 1947년에 이혼했다. 둘은 1950년에 다시 결혼했지만 갈등은 여전했고, 결국 1952년에 파커가 뉴욕으로 돌아오면서 헤어졌다.

하지만 서류상 이혼은 하지 않은 상태로 있다가 1961년 파커가 할리우드로 돌아가며 화해했다. 둘은 예전처럼 프로젝트를 함께 진행했지만 그리 큰 성과를 거두지는 못했다. 당시 파커는 로스앤젤레스에 있는 캘리포니아 주립대학의 영어 강사로 생계를 유지했는데, 학생들도 그녀를 싫어했고 그녀도 학생들을 싫어했다고 한다.

1963년 6월 14일 아침, 파커는 블러디 메리를 마시고 있는 캠벨에게 아침인사를 하고 미용실에 갔다. 그녀가 다시 집으로 돌아왔을 때 캠벨은 이미 사망한 뒤였다. 캠벨의 침대 주변에는 수면제의 일종인 바비투르산 세코날 캡슐이 흐트러져 있

웨스트 할리우드 주택
도로시 파커와 앨런 캠벨이 살았던 집이다. 캠벨이 자살한 뒤 집을 팔려고 내놓았을 때, 냉장고에는 사과 한 개가 전부였다고 한다. (사진 : 헬렌 K. 가버, 2001년)

었고, 비닐봉지가 캠벨의 목과 어깨에 걸려 있었다.

부검의는 '약물 과다 복용으로 인한 급성 바비투르산 중독'으로 자살 가능성이 높다고 판단했다. 하지만 파커는 끝까지 캠벨이 사고로 사망했다고 믿었다.

화려한 것처럼 보이지만 불안정한 삶과 급변하는 연인 관계 때문에 파커는 자주 우울증에 시달렸다. 애인이었던 찰스 맥아더의 아이를 낙태하고 심각한 우울증으로 첫 자살시도를 한 뒤, 본인이 밝힌 것만 세 번의 자살시도를 했다. 하지만 팬들에게는 디행스럽게도 자살시도는 모두 실패했고, 도로시 파커는 노년까지 활발한 방송 활동과 집필 활동을 했다.

1967년 6월 7일, 뉴욕의 볼니 레지덴셜 호텔 8층 객실. 도로시 파커는 호텔 청소부에게 시신으로 발견되었다. 사인은 관상동맥 질환이었다.

누군가는 도로시 파커의 삶이 굴곡졌다는 이유로, 남자관계가 순탄치 못했다는 이유로, 홀로 쓸쓸한 죽음을 맞이했다는 이유로 그녀의 삶을 불행했다고 하지만 결코 그렇지 않다. 아직도 수많은 사람이 그녀를 그리워한다는 사실만으로도 그녀의 삶은 충분히 가치가 있다.

NAACP(National Association for the Advancement of Colored People, 전미 흑인지위향상협회)가 도로시 파커를 기리기 위해 볼

뉴욕 볼니 레지덴셜 호텔

도로시 파커는 관상동맥 질환으로 사망할 때까지 15년 동안 이 호텔의 8층에 살았다. 현재는 호텔이 아닌 주거용 건물로 사용되고 있다.

도로시 파커는 시, 소설, 수필, 시나리오 등 모든 분야의 글쓰기에 재능이 있었다. 하지만 도로시 파커는 글을 쓰는 일이 너무나 고통스럽기 때문에 글을 쓰는 일을 '증오한다고'까지 말했다. 한 기자가 그렇게 고통스러운데도 글을 쓰는 이유를 묻자 도로시 파커가 '돈과 애인 때문'이라고 대답한 일화는 유명하다.

티모어 본부 정원에 세운 기념비에는 "먼지를 일으켜서 죄송합니다"라는 문구가 새겨져 있다.

도로시 파커는 아직도 많은 예술가들에게 영감을 주는 자유로운 영혼으로 기억되고 있다. 1999년에는 도로시 파커를 기리고 삶의 방식과 업적을 홍보하기 위해 '도로시파커협회'가 설립되었다. 진정한 뉴요커의 삶을 보여준 도로시 파커가 머물렀던 아파트, 볼니 레지덴셜 호텔, 알공킨 호텔 등을 찾아가는 투어도 있다. 도로시 파커의 이름을 딴 '도로시파커진'이라는 술까지 판매 중이다. 비록 홀로 쓸쓸히 죽었지만 도로시

알공킨 원탁모임 회원 및 손님
(왼쪽부터) 아트 사무엘스,[10] 찰스
맥아더, 하포 막스,[11] 알렉산더 울
코트,[12] 도로시 파커. 1919년.
알공킨 원탁모임(Algonquin
Round Table)은 가장 권위 있는
작가들의 모임으로 인정받고 있
다. 존 F. 케네디는 어린 시절 알
공킨 원탁모임 멤버가 꿈이었으
며, 무라카미 하루키는 모임에 초
대받은 경험을 글로 쓰기도 했다.

파커는 충분히 사랑받았으며, 여전히 사랑받고 있다.

도로시 파커를 좋아하는 사람들과 싫어하는 사람들이 그
이유로 드는 것은 아이러니하게도 같다. 바로 그녀의 독설이
다. 도로시 파커는 사람들이 차마 하지 못하는 이야기를 서슴
없이 했다. 시니컬하고, 냉정하고, 배배 꼬인 그녀의 독설은 유
머까지 곁들여져 답답한 속을 뻥 뚫어준다. 그래서 나는 그녀
의 독설을 사랑한다. 그녀가 나를 대신해 힘들고 어렵고 껄끄
러운 말을 해주기 때문이다.

나는 말을 잘하지 못한다.

그래서 어릴 때부터 누군가와 말다툼을 하면 항상 졌다. 그
저 싸움이라는 공격적인 상황에 놀라고, 당황하고, 얼어붙어
서 머릿속이 텅 비어 버린다. 그래서 다다다 쏘아대는 상대에
게 대꾸 한 번 못하고 울면서 집에 돌아오곤 했다.

뉴욕 알공킨 호텔 전경
알공킨 호텔은 첼시 호텔과 함께 예술가들이 가장 사랑한 호텔로 꼽힌다.

알공킨 호텔 1106호
도로시 파커가 묵었던 방은 '파커 스위트'로 불린다. 뉴욕 한가운데 자리한 호텔이지만 오래되어서인지 다른 호텔에 비해 스위트룸 가격이 저렴한 편이다.

알공킨 호텔의 원탁실
원탁모임은 처음엔 '위원회(The Board)'라고 부르다가 인원이 늘어나자 '악순환(The Vicious Circle)'으로 바뀌었으며, 신문 만화에 갑옷 입은 원탁의 기사들로 묘사되면서 원탁모임으로 불리게 되었다. 1996년, 미국 도서관우정협회는 도로시 파커를 비롯한 원탁회원들의 문학적 기여를 기념하기 위해 알공킨 호텔을 국립 문학명소로 지정했다.

샤토 마몬트 호텔

1947년, 파커가 남편 캠벨의 눈을 피해 서른한 살 연하의 극작가이자 소설가 로스 에반스와 숨어 지낸 곳이다. 당시 파커는 54세였다. (사진 : 커트 벤더)

도로시 파커 기념우표

도로시 파커 탄생 99주년인 1992년 8월 22일, 미국 우편국(US Postal Service)에서는 문학작품 시리즈로 29￠ 기념우표를 발행했다. 도로시 파커는 래리 N. 메이어(Larry N. Mayer)의 단편 소설 〈도티를 위한 사랑〉, 제니퍼 제이슨 리가 주연한 영화 〈미세스 파커와 악순환〉, 연극 〈도로시 파커의 마지막 전화〉 등 수많은 예술작품에서 재탄생하고 있다.

다툼은 언제나 목소리 크고 말 잘하는 사람의 승리다. 그리고 벙어리처럼 말 한마디 못하고 듣고만 있던 나는 순식간에 뭔가 잘못한 사람이 되어버린다. 분명 내가 잘못한 것이 없는데도 말이다.

그런 날이면 밤에 잠자리에 누워 생각했다. 이렇게 대꾸할 것을, 이렇게 말해줄 것을 바보처럼 왜 그때는 이 말이 생각나지 않았을까. 두더쥐처럼 파고 파고 또 파면서 내 안의 상처를 휘젓는다. 다음부터는 이렇게 해야지, 저렇게 해야지 그렇게 복기하고 결심해도 또 말다툼이 벌어지면 어버버하다 수세에 몰린다.

집에 와서 밤에 잠이 들 무렵이면 그렇게 대꾸할 말들이 많은데 왜 그 자리에서는 바보처럼 당하고만 있었는지 그리고 그런 일이 왜 반복되는지 곰곰이 생각해봤는데, 아무래도 순발력이 부족해서인 것 같다. 아무리 생각해도 내 유전자에는 순발력이라는 항목이 전혀 없는 게 아닌가 싶다.

문제는 그게 어른이 되어서도 마찬가지라는 것이다. 말 한마디 못해서 마구잡이로 다른 사람의 업무를 떠맡기는 상사에게 항의도 못하고 혼자 남아 야근을 한다. 그리고 다툼을 피하기 위해 자신의 잘못을 내게 뒤집어씌우는 동료에게 오히려 사과하는 멍청한 짓을 한다.

그래서 내가 좋은 사람이 되었는가?

아니다!!! 오히려 나쁜 사람이 되어버렸다. 이리저리 업무에 치이다 보니 몸은 힘들고 짜증이 날 수밖에 없고, 잘못을 뒤집어씌운 동료에게 앙심이 남아 있으니 다음부터는 그 동료만 보면 저절로 인상이 찌푸려졌다. 참고 참다가 사소한 일에 폭발하는 경우가 최악이다. 상대방이 황당한 얼굴로 날 쳐다보면 옆에서 지켜보던 사람들이 끼어든다.

"뭘 이런 일로 화를 내?"

나는 달래듯 내 어깨를 두드리는 제3자에게도 마구 퍼붓는다.

"알지도 못하면서 왜 끼어들어?"

그렇다. 그렇게 난 사소한 일에도 화내고 짜증내는 히스테릭하고 이상한 인간이 되어버렸다. 한마디로 남 좋은 일만 실컷 하고 좋은 소리는 한 번도 듣지 못했다. 한번 붙은 꼬리표는 좀처럼 떨어지지 않는다. 한 번의 폭발은 그게 아무리 드물게 일어난 일이라 해도 효과가 오래도 갔다. 사람들의 머릿속에 난 성격 더럽고 신경질이 많은 사람으로 각인돼버렸고, 내 인생은 우울하고 짜증나는 일로만 가득 찼다.

정말 우스운 것은 그렇게 성격 더러운 인간이 되었는데도 사람들은 아랑곳하지 않는다는 사실이다. 나는 여전히 남의 업무를 떠맡고, 남의 실수를 뒤집어쓴다. 신경질적이라고 뒤에서 욕하면서도 자기들의 이익을 챙기기 위해 날 이용한다. 그러면 난 또 바보처럼 한마디도 못하고 당한다. 그리고 참고 참다 다시 폭발한다. 정말 우울한 도돌이표다.

그래서 이젠 도로시 파커를 닮아 독설을 날리는 악녀가 되기로 결심했다. 어차피 성격 더러운 인간이 되어야 한다면 하고 싶은 말을 담아두고 내 안에서 썩어 들어가는 상처와 모멸감을 참을 필요는 없다.

물론 독설에도 요령이 필요하다. 도로시 파커처럼 풍자와 유머를 적당히 섞어 농담처럼 하고 싶은 말을 해보자. 살살 웃으면서 말이다. 웃는 사람에겐 침 못 뱉는다니까. 어떤 상황에서 어떤 독설을 할지 미리 준비하기 위해 상상하는 것만으로도 조금은 후련해지지 않는가?

도로시 파커처럼 재치 있는 독설을 하면 상대방이 화를 내기도 애매하다. 도로시 파커 수준의 독설을 하기에는 내공이 부족하지만, 아무 말 않고 당하는 것보다는 낫지 않을까? 순발력이 없어 그 자리에서 대꾸하지 못했다면 나중에라도 할 수 있게 미리 독설을 준비해두는 것도 좋겠다. 어차피 업무를 떠넘긴 상사도, 실수를 뒤집어씌운 동료도 또 같은 짓을 할 게 뻔하니까.

혹시라도 상대방이 화를 내면? 즉시 사과하면 된다. 농담이었다고 말이다. 농담이었다는데, 즉시 사과하는데 거기서 더 화를 내봤자 상대방 이미지만 깎인다.

그리고 사과해도 상대방이 펄쩍펄쩍 뛰면서 화를 내면 좀 어떤가? 독설로 상대방의 기분을 잡치는 게 목적이었는데, 목적을 달성했으니 오히려 만족해야지.

누군가가 말했다. 복수에도 이자가 붙는다고. "눈에는 눈, 이에는 이"가 아니라 "눈에는 눈과 코, 이에는 이와 턱"이 되어야 한다. 내가 아파한 시간보다 상대가 더 많이 아파해야 복수의 의미가 있는 것이다. 그러니 상대방의 분노가 두려워 독설을 참지는 마시길.

그렇게 해서 모든 인간관계가 틀어지면 어떻게 하느냐고? 당신은 아무에게나 분노하고 짜증내는 사람이 아니다. 당신이 독설을 날렸다면 분명 이유가 있었을 것이다. 독설의 대상이 되었던 친구와 동료는 결코 가까운 사람이 될 수 없다. 내가 힘들 때 도와주지 않고 구경만 하는 동료, 내가 슬플 때 위로하지 않고 자신의 행복을 뽐내는 친구……

당신이 독설을 날린 사람들은 바로 그런 사람들이다.

인간관계가 좋다는 것이 꼭 많은 사람과 다툼 없이 잘 지내는 것이라고는 생각지 마라. 깊이와 넓이가 꼭 비례하지는 않는다. 단 한 명의 친구라도 함께 울어줄 수 있는 친구를, 단 한 명의 동료라도 내 짐을 함께 들어줄 수 있는 동료를 만들면 된다.

그러니 어설픈 인간관계 확장론에 눈이 멀어 하고 싶은 말을 참다 골병들지 말자. 그러다 해고라도 당하면 어떻게 하느냐고?

실제로 도로시 파커는 미스 다나 스쿨을 졸업한 뒤 〈배너티 페어〉에서 연극비평을 했는데, 독설이 너무 심한 나머지 연극 제작자들의 항의가 빗발쳐 해고를 당하고 말았다. 어쩌면 우리도 그런 안타까운 경우를 당할 수도 있겠지.

그러면 또 어떤가? 도로시 파커는 해고되고 난 뒤 〈배너티 페어〉보다 훨씬 더 높은 판매고를 올리던 〈에인슬리스 매거진 Ainslee's Magazine〉에 곧바로 고용되었으며, 얼마 후 자유기고가가 되어 수많은 잡지에 글을 썼다. 물론 〈배너티 페어〉에서도 도로시 파커에게 다시 글을 부탁했다.

그녀가 해고되었을 때, 〈배너티 페어〉에 다니며 함께 글을 쓰던 유머 작가 로버트 벤츨리와 극비평가이자 극작가인 로버트 에밋 셔우드[13]는 도로시 파커의 해고에 항의하는 의미로 동반 사표를 냈다.

그래서 내가 말하지 않았는가? 독설을 한다고 해서 모든 인간관계가 무너질 거라는 염려는 접어두라고. 이 세 명은 직장 동료이고 문학적 동지이자 친구였는데, 뉴욕 알공킨 호텔에서 점심을 함께 하며 평론을 했다고 해서 이 모임을 알공킨 원탁 모임이라 부른다.

그래도 해고는 무섭다고? 솔직히 말하면 내가 그렇다. 정말 때려치우고 싶은 직장인데 먹고살자니 때려치울 수는 없고, 꼴 보기 싫은 상사한테 대거리를 했다가 업무 폭탄이 떨어지면 어쩌나 걱정스럽다. 나보다 더 소심한 분들에게는 정 그렇다면 이직할 곳을 정해놓고 독설을 하거나, 제3자에게 그 사람에 대한 독설을 할 것을(한마디로 뒤에서 욕하라고) 권한다.

뒤에서 그 사람을 욕하는 건 나쁜 짓이 아니냐고? 그러니까 하라는 거다. 그것도 못하면 당신은 악녀 자질이 없다.

1926년 발행한 첫 시집 《충분한 밧줄Enough Rope》이 발간 즉시 베스트셀러가 되면서 도로시 파커는 할리우드까지 진출해 〈스타탄생A Star Is Born〉의 시나리오로 아카데미상에 노미네이트되는 등 유명세를 타기 시작한다.

그녀는 작품 활동뿐만 아니라 반나치운동, 난민구호활동 등 모든 사회운동 분야에서 종횡무진했다. 물론 여전히 하고 싶은 말을 참지는 않았다. 극심한 냉전으로 전 세계가 둘로

도로시 파커
도로시 파커는 할리우드 반나치리그(Anti-Nazi League)를 설립
하는 데 참여했으며, 스페인 난민 구호단체의 의장직을 역임하
는 등 다양한 정치·사회·문화운동을 했다. 도로시 파커는 마틴
루터 킹 주니어에게 모든 유산을 물려주면서 죽어서도 이 세상
을 바꾸기 위한 열정을 불태웠다.

갈라져 있던 시기, 다들 움츠리고 자신의 정치적 견해를 숨길
때도 도로시 파커는 개의치 않고 정치적 발언을 한 것으로 유
명하다.

  그래서 결국 1950년에 〈레드 채널Red Channels〉이라는 출
판물에서 공산주의자로 지목되었다. 할리우드의 블랙리스트
에 오른 도로시 파커에게는 아무도 시나리오를 맡기지 않았

고, 그녀는 결국 할리우드를 떠날 수밖에 없었다.

하지만 도로시 파커는 그깟 억압에 굴하지 않았다. 그녀는 뉴욕의 볼니 레지덴셜 호텔에서 지내며 방송 활동과 집필 활동을 했고, 죽을 때까지 독설을 멈추지 않았다. 그리고 사람들은 그렇게 독설을 하던 그녀를 사랑했다.

어차피 인생은 단 한 번이다. 하고 싶은 말을 참고 내 속에 쌓아두면 언젠가는 폭발해서 나는 산산조각이 날 것이다. 적어도 도로시 파커는 하고 싶은 말을 참아서 화병에 걸리지는 않았을 것이다.

하고 싶은 말을 참지 마라!

그것이 도로시 파커가 알려준 악녀의 십계명이다.

1 트루먼 커포티(Truman Capote, 1924년~1984년)는 미국의 소설가로 《티파니에서 아침을》, 《냉혈(冷血)》 등의 작품이 있다.

2 폴리 애들러(Poly Adler, 1900년~1962년)는 뉴욕에서 매춘업소를 여러 곳 운영했으며, 열세 번 체포되었으나 1930년대까지는 유죄 판결을 받지 않았다. 1943년에 은퇴했지만 대학을 다니고 회고록을 쓰는 등 활발하게 활동했다.

3 찰스 맥아더(Charles MacArthur, 1895년~1956년)는 미국의 극작가이자 시나리오 작가다. 1936년 벤 헥트와 함께 쓴 〈불한당(Scoundrel)〉이 아카데미 베스트 원작상을 수상했으며, 1940년 벤 헥트와 함께 쓴 〈폭풍의 언덕〉으로 아카데미 각본상에 노미네이트되기도 했다. 1983년 미국 극장 명예의 전당에 이름을 올렸다. 도로시 파커는 연인이었던 찰스 맥아더의 아이를 임신하기도 했다.

4 슈워드 콜린스(Seward Collins, 1899년~1952년)는 미국 뉴욕 사교계의 명사이자 출판업자로 뉴욕시에서 서점을 운영하기도 했다. 수많은 문학계 인사와 교류했으며, 민족주의와 파시스트를 지지했다.

5 로버트 벤츨리(Robert Benchley, 1889년~1945년)는 미국의 신문 칼럼니스트 겸 영화배우다. 하버드대학교에 재학 중일 때부터 글을 쓰기 시작했으며, 알공킨 원탁모임에 참여하면서 문학적으로 급성장했다. 600여 편이 넘는 기사와 에세이를 썼고, 단편 영화 〈잠자는 법(How to Sleep)〉의 시나리오가 대표적인 성공작으로 꼽힌다.

6 프랜시스 스콧 피츠제럴드(Frances Scott Fitzgerald, 1896년~1940년)는 미국의 소설가다. 1925년에 미국 문학의 최고 걸작으로 꼽히는 《위대한 개츠비》를 출판했다. 도로시 파커는 피츠제럴드의 장례식에 참석한 단 한 명의 조문객이었다.

7 릴리언 헬만(Lillian Hellman, 1905년~1984년)은 미국의 극작가이며, 좌익 활동으로 유명하다. 대실 해미트와 30여 년간 연인으로 지냈고, 작가인 도로시 파커와는 오랜 친구 사이였다.

8 대실 해미트(Dashiell Hammett, 1894년~1961년)는 미국의 미스터리 및 범죄소설 작가이자 정치운동가다. 〈타임〉지는 1923년에서 2005년 사이에 출판된 100개의 최고 영어 소설 목록에 해미트의 1929년 소설 《붉은 수확(Red Harvest)》을 포함시켰다.

9 로스 에반스(Ross Evans)는 미국의 시나리오 작가로 서른한 살 연상의 도로시 파커와 사귀면서 유명해졌다.

10 아트 사무엘스(Art Samuels)는 〈하퍼〉 및 〈뉴요커〉 편집자였다.

11 하포 막스(Harpo Marx, 아돌프 마르크스, 1888년~1964년)는 미국의 코미디언이자 배우, 마임예술가, 음악가다. 가발, 하프, 뿔, 지팡이 등의 소품을 많이 사용한 것으로 유명하다.

12 알렉산더 울코트(Alexander Woollcott, 1887년~1943년)는 〈뉴요커〉에 드라마와 영화비평 등을 썼으며, 가끔 배우 활동도 했다. 당시 가장 많이 인용되는 작가 중 한 명이었다.

13 로버트 에밋 셔우드(Robert E. Sherwood, 1896년~1955년)는 미국 극작가이자 시나리오 작가다. 윌리엄 와일러(William Wyler)가 감독한 영화 〈우리 생애 최고의 해(The best years of our lives)〉로 1946년 아카데미 각본상을 받았다.

02

뒤늦은 시작이란
없다

루 안드레아스 살로메(Lou Andreas-Salomé)

본명 루이자 구스타보브나 살로메(Луиза Густавовна Саломе)
출생 1861년 2월 12일, 러시아 상트페테르부르크
사망 1937년 1월 5일, 독일 괴팅겐(향년 75세)

내 눈을 감기세요

내 눈을 감기세요.

그래도 나는 당신을 볼 수 있습니다.

내 귀를 막으세요.

그래도 나는 당신의 소리를 들을 수 있습니다.

발이 없어도 당신에게 갈 수 있고,

입이 없어도 당신의 이름을 부를 수 있습니다.

내 팔을 꺾으세요.

그래도 나는 심장으로 당신을 잡을 것입니다.

내 심장을 멈추게 하세요.

그러면 나의 뇌가 고동칠 것입니다.

나의 뇌에 불을 지르세요.

그러면 내 핏속에 당신을 실어 나를 것입니다.

– 라이너 마리아 릴케(Rainer Maria Rilke)

Lou Andreas-Salomé

프리드리히 니체와 파울 레는 가장 친한 친구이자 동료였
다. 하지만 한 여자와 사랑에 빠지면서 관계는 조금씩 틀어지
고 비뚤어지기 시작했다.

그녀는 니체와 파울 레, 두 사람 중 누구의 사랑도 받아주
지 않고 모두 함께 동거할 것을 제안한다. 그녀에 대한 사랑
으로 제정신이 아니었던 니체와 파울 레는 그 제안을 수락한
다. 그녀는 이 기묘한 동거를 '성삼위일체'라 불렀다. 함께 여
행하고 연구하고 토론하는 관계에 그녀는 충분히 만족했지
만 두 남자의 생각은 달랐다.

니체는 괴상한 동거를 끝내기 위해 그녀에게 세 번이나 청혼

성삼위일체
(왼쪽부터) 루 안드레아스 살로메, 파울 레, 니체. 1882년.
마차를 끌고 있는 파울 레와 니체, 채찍을 들고 있는 루 안드레아스 살로메의 모습이
그들의 관계를 극명히 드러낸다. 이들은 여러 곳을 여행하면서 경험을 쌓고 토론하
며 서로의 철학과 문학을 비판하는 동료 사이였다.

했지만 모두 다 거절당한다. 그리고 실연의 절망 속에서《차라투스트라는 이렇게 말했다Thus spoke Zarathustra》제1부를 불과 열흘 만에 완성한다.

그녀는 니체와 주고받은 편지까지 공개하며 니체를 이용해 유명세를 얻는다. 그녀를 사랑한 니체는 자신이 이용당하는 것도 상관하지 않고 그녀가 출판한 소설《신을 찾기 위한 투쟁》을 극찬한다.

그녀와의 이별을 받아들이지 못해 수백 통의 편지를 보내며 사랑을 갈구하던 니체는 끝내 거절당하자 체면 따위는 버린 채 "그녀는 조그맣고 나약하고 더럽고 구역질나는 교활한 여자, 가짜 가슴이나 달고 다니는 성불구자"라고 주위 사람들에게 욕하고 다니기도 한다.

하지만 그녀에 대한 사랑을 결코 멈출 수 없던 니체는 그녀의 결혼 소식을 듣고 서서히 미쳐간다. 정신착란으로 기억을 잃은 채 죽어가면서도 니체는 "지금도 그녀를 사랑한다"는 메모를 남긴다.

철학자 파울 레는 그녀의 사랑을 얻기 위해 도박도 끊고 니체와의 동거까지 감내한 뒤 5년이나 더 그녀와 함께 사는 영광을 누린다. 하지만 친구들은 성관계 없는 그들의 동거를 비웃으며 "너는 그녀의 충실한 하인일 뿐"이라고 충고한다.

루 안드레아스 살로메

루 안드레아스 살로메의 주요 저서로는 《어디에서 와서 어디로 가는가》, 《작품으로 본 니체》, 《릴케》, 《프로이트에 대한 나의 감사》, 《회상》 등이 있다.

라이너 마리아 릴케

오스트리아의 시인이자 작가인 릴케(Rainer Maria Rilke, 1875년~1926년)는 가장 서정적인 독일어를 구사하는 것으로 유명하다. 릴케는 루 살로메를 만나기 전 그녀의 에세이 《유대인 예수》를 읽고 깊은 인상을 받았다. 익명으로 루 살로메에게 몇 편의 시를 보내기까지 했던 릴케는 루 살로메를 만나자마자 사랑에 빠졌다. 릴케가 스무한 살 때의 일이다. 루 살로메는 열네 살 연상의 유부녀였지만 릴케는 상관하지 않았다. 그때부터 릴케의 시를 가장 먼저 읽는 사람은 언제나 루 살로메였다. 릴케는 루 살로메 부부와 함께 러시아를 여행했을 때 톨스토이를 만나 교류했고, 루 살로메가 정신분석학에 빠지면서 프로이트와도 편지를 주고받았다. 즉, 루 살로메는 릴케의 인생 전반에 걸쳐 지대한 영향을 끼쳤다. 릴케는 백혈병으로 투병하던 중 장미 가시에 찔려 파상풍이 악화돼 죽은 것으로도 유명하다. 릴케가 죽은 뒤 루 살로메는 그와의 관계를 다룬 회고록을 펴내기도 했다.

프리드리히 니체

프리드리히 니체(Friedrich Nietzsche, 1844년~1900년)는 독일의 실존철학자로 "신은 죽었다"는 말로 유명하다. 니체 연구가인 쾰러(Köhler)는 니체가 동성애자였으며, 성삼위일체 중 한 명인 파울 레와 관계를 맺었다고 주장하고 있지만 일반적으로 인정되지는 않고 있다.

《차라투스트라는 이렇게 말했다》는 루 살로메가 없었다면 완성되지 못했을 것이라고 니체도 인정했다. 니체와 릴케 때문에 "루 살로메와 사귀면 누구나 아홉 달 안에 위대한 명작을 쓸 수 있다"는 말까지 나돌았다고 한다.

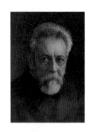

프리드리히 카를 안드레아스

프리드리히 카를 안드레아스(Friedrich Carl Andreas, 1846년 ~1930년)는 동양사학자, 언어학자로 아프가니스탄어, 산스크리트어, 아랍어 등 10개 이상의 언어에 능통했다고 한다. 동양 문화를 연구하기 위해 여러 나라를 여행했으며, 페르시아와 인도에서는 우체국장으로 일하며 몇 년간 현장 연구도 했다.

루 살로메는 그와의 결혼 기간 중에도 끊임없이 정신적·육체적 바람을 피웠다. 물론 자유로운 연애가 가능하다는 결혼조건이 있었지만 남편의 입장에서는 견디기 힘들었을 것이다. 결국 안드레아스는 하녀인 마리 슈테판과 바람을 피웠고, 그녀와의 사이에서 마리센을 낳았다. 루 살로메는 마리센을 정식으로 입양해 자신의 딸로 삼을 만큼 사랑했다. 마리센과 그 남편도 루 살로메의 임종까지 지켰을 만큼 그들은 다소 기이한 형태의 가족 관계를 잘 유지했다.

어쨌든 프리드리히 카를 안드레아스는 끝까지 루 살로메의 곁을 떠나지 않았다. 다른 남자의 아이를 낙태한 루 살로메를 간호하고, 다른 남자와 함께하는 여행에도 따라다녔다. 루 살로메도 그런 남편 안드레아스의 희생을 알았기에 은퇴한 후에는 남편만을 바라보며 살았다.

그녀의 결혼 소식에 절망한 파울 레는 엄청난 재산을 모두 기부하고 그녀와 함께 가장 행복한 시절을 보냈던 인Inn 강의 절벽 아래로 몸을 던진다.

결혼이라는 제도에 얽매일 것 같지 않던 그녀가 결혼한 사람은 엉뚱하게도 페르시아 문화에 정통한 베를린대학교 교수 프리드리히 카를 안드레아스다. 안드레아스는 저녁식사 자리에서 칼로 가슴을 찌르며 결혼해주지 않으면 죽겠다고 협박한다. 그녀는 성관계가 없고 자유연애가 가능한 결혼이라면 허락하겠다고 답한다. 이른바 '독신결혼'이다. 그 조건을 믿지 않았던 카를 안드레아스는 결혼 후 성관계를 시도하다가 그녀에게 목 졸려 죽을 뻔한 뒤에야 그 결혼의 의미를 받아들인다.

릴케는 그녀의 말 한마디에 르네Renee라는 이름을 독일식인 라이너Rainer로 바꾼다. 그녀를 닮고 싶은 나머지 글씨체도 그녀의 글씨체를 따라 바꾼다. 열네 살이나 많은 그녀의 나이도 전혀 문제되지 않는다. 그녀의 남편과 함께하는 기묘한 여행도, 괴상한 동거생활도 즐겁게 받아들인다.

하지만 그녀는 릴케의 과도한 집착에 질린다며 떠나버린다. 그 뒤 릴케는 그녀와 꼭 닮은 조각가 클라라 베스트호프와 결혼하지만, 평생 자신이 쓴 시가 담긴 편지를 그녀에게 보낸다. 그녀가 그것을 제대로 읽지도 않고 찢어버렸는데도 릴케는 항상 그녀에게 시를 처음으로 보여준다.

죽기 전 릴케는 그녀를 만나고 싶다고 애원했지만 그녀는 냉정히 거절한다. 릴케는 혼수상태에서도 "나의 그 무엇이 마음에 들지 않았는지 그녀에게 물어봐 주십시오" 하고 말하며 그녀를 그리워하다 죽는다.

프로이트는 그녀를 '정신분석의 시인'이라고 부르며 이렇게 칭송한다.

"나는 그토록 빨리, 그토록 훌륭하게, 그토록 완벽하게 나를 파악한 사람은 만나보지 못했다. 니체는 그녀를 가리켜 악마 같다고 했는데 나는 그 말에 전적으로 동의한다."

프로이트는 그녀의 경제사정이 어렵다는 것을 알고 남몰래

지그문트 프로이트
프로이트(Sigmund Freud, 1856년~1939년)는
오스트리아의 신경과 의사이자 정신분석학의
창시자다. 보수적이고 딱딱한 평소의 성격과는
달리 루 살로메에게는 살갑고 다정했다고 한다.
원래 법학을 전공한 프로이트는 1930년 괴테상
을 수상하고 받은 상금의 절반을 루 살로메의
낡은 집을 고치는 데 썼을 만큼 그녀에게 관대
했다. 프로이트는 암 투병 중 고통을 견디기 힘
들어 동료에게 모르핀 투여를 부탁해 안락사를
선택했다고 알려져 있다.
(사진 : 막스 할버슈타트, 1921년)

도왔으며, 그의 서재 책상에는 그녀의 사진이 담긴 액자가 항
상 놓여 있었다.

프로이트가 가장 아낀 제자 빅토르 타우스크[1]는 그녀에게
실연을 당한 뒤, 다른 여자와의 결혼 하루 전날 성기를 거세하
고 자살해버렸다. 그럼에도 불구하고 그녀에 대한 프로이트의
사랑은 변하지 않았다.

목사 하인리히 길로트, 신경정신과 의사 프리드리히 피넬리
스,[2] 극작가 게르하르트 하웁트만,[3] 노르웨이 출신 작가 크누
트 함순[4]……. 그녀를 사랑한 사람은 많았지만 그녀는 어느
누구도 사랑하지 않았다.

그녀는 사회가 여성에게 기대하는 모든 것을 거부했다. 두
번이나 임신했지만 상대 남자의 애원에도 불구하고 모두 낙

태해버렸다. 그래서 모든 남자가 사랑했던 그녀는 '하인베르크의 마녀'라고 불린다.

바로 독일의 작가이자 정신분석학자 루 안드레아스 살로메의 이야기이다.

사람들은 그녀를 "사랑을 모르는 냉정한 여자"라고 평가하지만, 난 그렇게 생각지 않는다. 살로메가 교제한 사람들은 모두 한 분야에서 최고라고 인정받는 전문가였다. 또한 살로메는 당시 여성을 받아주는 몇 안 되는 대학 중 하나였던 취리

루 안드레아스 살로메의 묘지
루 살로메는 건강 악화로 일흔넷의 나이에 은퇴했다. 그녀가 입원할 때마다 남편 안드레아스는 하루도 빠짐없이 병문안을 했다. 이때가 루 살로메와 안드레아스가 결혼 생활 중 가장 가까웠던 시기였다. 프리드리히 카를 안드레아스가 암으로 사망한 후 7년, 루 살로메는 괴팅겐에서 수면 중 요독증으로 사망했다. 임종은 수양딸인 마리센과 그녀의 남편, 그리고 갓 태어난 그들의 아이가 지켰다. 루 살로메가 죽은 즉시 집 밖에서 대기하고 있던 게슈타포들이 들이닥쳐 그녀의 서재를 뒤졌으며, 유대인과 프로이트에 연관된 자료들을 찾아 불태웠다. 루 살로메의 시신은 화장되어 남편의 무덤에 합장되었다. 괴팅겐에는 그녀의 자택, 루 안드레아스 살로메 거리, 루 안드레아스 정신 분석 및 심리치료 연구소 등이 있다.

히대학에 다니기도 했다. 이런 점으로 보아 살로메가 진정으로 사랑한 것은 '지식'과 '배움'이 아니었을까 싶다.

내가 살로메의 삶에서 가장 감명을 받은 것은 그 화려한 인간관계나 탁월한 지적 능력이 아니다. 쉰 살에 프로이트 밑에서 정신분석학을 공부하기 시작했다는 바로 그 점이 날 매혹시켰다. 당시의 평균 수명을 고려할 때 죽음을 준비해야 하는 시기에 살로메는 용감하게도 새로운 뭔가를 시작한 것이다.

어렸을 때, 내 앞에는 수많은 길이 펼쳐져 있었다. 그 수많은 길 중에 무엇을 선택해야 할지 몰라 방황했고, 내가 잘못된 길을 선택할까 봐 두려웠다.

그리고 오랜 시간이 흘러 어느 날 문득, 내 앞에 펼쳐진 길이 하나밖에 없다는 생각을 했다. 좌회전도 우회전도 몸을 돌려 유턴도 할 수 없는 낭떠러지 옆의 좁은 일방통행로. 심지어 그 길은 매끈하지도 않았다. 풀숲이 우거지고 자갈이 울퉁불퉁한 길은 발이 아파 걸을 수 없을 만큼 험난했다. 그 길로 가고 싶지 않은데도 몸을 돌려 되돌아가는 것이 불가능해 꾸역꾸역 그 익숙한 길을 가는 나 자신이 한심하고 불쌍했다.

얼마나 더 걸어야 그 길이 끝나는지, 그 길 끝에 뭐가 있는지는 예상할 수 있었다. 이제껏 내가 걸어온 만큼만 더 걸으면 편안하고 안정적인 노후라는 끝이 기다리고 있었다. 하지만 언젠가부터 그 지루하고 짜증나는 길이 소름 끼치게 싫었다. 그 길을 가느니 차라리 지금, 여기서, 그냥, 주저앉고 싶었다.

친구들은 말한다.

"나도 이 직업이 싫어. 하지만 우리 나이에 지금 와서 어떻게 하겠어?"

그렇게 사람들은 다른 곳은 쳐다보지도 않고 자기 앞에 놓인 길만 걸어가고 있다. 모두 힘들다고 투덜대면서도 나에게 충고한다.

"지금 와서 다른 일을 시작한다고? 그러다가는 늙어서 고생이지."

하지만 나는 다른 길도 걸어보고 싶다. 저기 멀리 낭떠러지 밑에 흐르는 강물도 보고 싶고, 산꼭대기에 피어 있는 꽃도 보고 싶다. 그러다 깨달았다. 길이 없으면 내가 만들면 된다. 거친 수풀을 베고 울퉁불퉁한 자갈을 파내며 새 길을 만들면 되는 것이다. 그러던 중에 누군가가 만들어놓은 샛길과 만나면 그 길도 걸어보고 싶다.

물론 이런 생각은 위험하다. 발을 헛디뎌 낭떠러지로 떨어져 죽을 수도 있고, 갑자기 튀어나온 야생 짐승에게 잡아먹힐 수도 있다. 게다가 그 길 끝에는 내가 꿈꾼 것과는 달리 반짝이는 강물도 예쁜 야생화도 없는 황량한 벌판이 있을 수도 있다.

그럼에도 불구하고 나는 지금, 용감하게 다른 길을 가려고 하고 있다.

나는 심각할 정도로 소심한 편이다. 언제나 최악의 결과를 예상하며 불안에 떨고, 안정적인 것을 추구하고 모험을 즐기지 못한다. 하물며 놀이공원에서 롤러코스터도 타지 못하고, 어쩌다 비행기를 타면 수면제를 먹어도 불안해서 잠들지 못한다.

그러니 내 인생은 항상 타인의 기준에 따라 가장 안정적인 길로만 움직였다. 나의 희망이나 꿈은 언제나 무시당했다. 참 재미없고 뻔한 인생이었다.

그래도 글을 쓰고 싶다는 내 꿈이 항상 가슴속에서 꿈틀대며 나를 툭툭 건드렸다. 작가가 되겠다고 했을 때, 주위 사람들은 하나같이 똑같은 질문을 했다.

"전업 작가가 돼서 먹고살 수는 있겠어?"

"생계가 힘들어서 자살했다는 작가 이야기 못 들었어?"

그 사람들의 말에 100% 동의한다. 로또에라도 당첨되지 않는 한 전업 작가는 생계를 유지하기 힘든 직업이다. 하지만 나는 인간이다. 단순히 먹고 자는 동물이 아니라 인간이다. 사는 게 힘들어서 우울증에 걸려 자살시도를 하기 일보 직전인 사람에게 그깟 생계쯤이야.

물론 다른 일을 하면서도 글을 잘 쓰는 작가들도 많다. 하지만 능력이 부족하고, 체력이 약하고, 스트레스에 휘둘리는 나에게는 불가능한 일이다. 직장에서 돌아와 씻는 것도 힘든 지경인데 언제 글을 쓰겠는가?

실제로 루 살로메는 정신분석학을 공부할 때 생계의 어려움을 겪었다. 하지만 자존심이 강해서 다른 이의 도움을 거절했기 때문에 프로이트는 그녀를 몰래 도와주기 위해 온갖 방법을 찾아야 했다.

몇 십 년 동안이나 움츠리고 있던 내 안의 꿈을 살리기 위해 빈곤한 생활쯤은 감수하려 한다. 설마 굶어 죽기야 하겠는가? 그게 내가 할 수 있는 최대의 낙관적 전망이다. 굶어 죽지 않고 글을 쓰며 살아남는 것.

정말 나는 루 살로메를 본받을 필요가 있다. 그녀가 뒤늦은 나이에 새로운 일을 시작할 수 있었던 것도 낙천적인 성격 때문인지 모른다. 말년에 유방암에 걸려 유방절제수술을 받고도 그녀는 웃으면서 이렇게 말했다고 한다.

"니체가 옳았어. 지금 이렇게 가짜 가슴을 달고 있잖아."

나도 한 번쯤은 낙천적으로 살아보련다. 혹시라도 생활이 힘들어지면 "아, 사람들 말이 맞았어. 작가는 굶어 죽기 딱 좋은 직업이네" 하고 투덜거리면 그뿐이다.

그래도 불안감은 남는다. 과연 내게 글을 쓰는 재능이 있긴
한 걸까? 그 의문이 끊임없이 날 괴롭히고 있을 때였다. 문득
내 꿈이 안타깝고 안쓰러웠다. 내 꿈을 내가 무시하고 짓밟는
데, 어떻게 꿈을 이룰 수 있겠는가?

그래서 주먹을 불끈 쥐고 용기를 내본다.

뒤늦은 시작이란 없다!

그것이 루 살로메가 나에게 알려준 악녀의 십계명이다.

---

1 일설에 따르면 프로이트가 루 살로메에게 빅토르 타우스크와 헤어질 것을 권유했다고 한
   다. 빅토르 타우스크는 실연 후 몇 년간 정상적으로 살아보려고 노력했지만 "살로메를 사
   랑한 남자는 모두 비참한 결말을 맞는다"는 살로메의 저주를 벗어나지 못했다.

2 피넬리스와 루 살로메의 관계는 11년이나 지속되었다. 모두 피넬리스의 노력 덕분이었다.
   피넬리스 때문에 루 살로메가 정신분석학에 관심을 가지게 되었다.

3 게르하르트 하웁트만(1862년~1946년)은 독일의 희곡 작가로 《해뜨기 전》, 《직조공들》 등
   의 작품이 있으며, 1912년에 노벨문학상을 수상했다.

4 크누트 함순(Knut Hamsun, 1859년~1952년)은 노르웨이의 소설가로 미국에서 주로 활동
   했다. 《굶주림》, 《신비》, 《처녀지》 등의 소설을 썼으며, 1920년 노벨문학상을 수상했다.

03

망설이지 마라

오노 요코(小野洋子, Ono Yōko Lennon)

출생 1933년 2월 18일, 일본 도쿄

1940년 10월 9일 출생. 1966년 오노 요코를 만남.

- 존 레논이 쓴 단 한 줄의 프로필

영어도 제대로 못하는 히피, 못생기고 젖가슴은 늘어진 창녀, 영국의 국보를 훔쳐 간 무서운 마녀, 벌거벗은 엉덩이나 찍어대는 미친 여자.

악성 댓글이냐고? 아니다. 영국의 유명 신문에 실린 기사의 제목이다.

그들이 언론의 공정성 따위는 버리고 비난하는 여자는 바로 비틀즈의 리더 존 레논의 아내이자 전위예술가 오노 요코다. 오노 요코는 '악녀'로도 모자라 '일본에서 온 마녀'라 불린다. 또한 친구 사이를 틀어지게 하는 여자에게 하는 욕으로 "오노 요코 같다"는 표현이 쓰이기도 한다.

아무리 진보적인 가치관을 가진 사람이라도 오노 요코의 삶에 대해서는 고개를 내저을 정도다. 일단 오노 요코의 사랑은 항상 마무리가 깔끔하지 못했다. 오노 요코는 첫 남편과 이혼하기도 전에 두 번째 남편의 아이를 가졌고, 두 번째 남편과 이혼하기도 전에 세 번째 남편인 존 레논의 아이를 가졌다.

존 레논과 오노 요코가 결혼한 것은 오노 요코가 미친 듯이 존 레논을 따라다녔기 때문이다. 존 레논은 처음에는 오노 요코를 그저 하찮은 스토커로 취급했다. 그래도 오노 요코는 끈질겼다. 존 레논의 집 유리창을 깨부수고 들어갔다가 신문에 실릴 정도였다.

동료 전위예술가들은 오노 요코의 그 광적인 스토킹에 절교를 선언했다. 하지만 그녀는 이에 굴하지 않았다. 존 레논을 만나기 위해서라면 경찰에 체포되는 것도 개의치 않았다.

그 광적인 사랑에 감동했던 걸까?

마침내 존 레논이 오노 요코를 특별하게 바라보기 시작한다. 비록 존 레논의 전부인에게 엄청난 위자료를 지급해야 했고, 임신 중이던 존 레논의 아이를 유산했고, 자신이 낳은 딸 교코는 전남편이 데리고 숨어버려 찾을 수도 없었지만, 어쨌든 오노 요코는 그토록 원했던 존 레논의 사랑을 얻었다.

Apple Records. ● in association with Tetragrammaton Records. 🦉+5001   May 1968. Made in Merrie England.

미완성 음악 1번 : 두 처녀(Two Virgins)
1968년, 존 레논과 오노 요코가 공동 발매한 음악 앨범의 표지.
존 레논은 오노 요코의 예술 활동을 후원하는 데 만족하지 않고 함께 작품 활동도
했다. 이 곡은 1968년 11월 29일, 존과 요코가 처음 함께한 밤에 만들었다고 한다.

그래서? 광팬과 슈퍼스타의 사랑에 모두 환호했냐고? 아
니, 오노 요코는 그들이 신성시하며 종교처럼 떠받드는 비틀
즈라는 그룹을 해체시킨 마녀로 불린다. 그녀는 어디를 가도
공격을 받았다. 머리채를 잡히고, 발로 걷어차이고, 달걀이며
흙, 음료수 등 뒤집어쓸 수 있는 것은 다 뒤집어썼다. 오노 요

코가 아무리 대단한 작품을 만들어도 그저 '존 레논 아내'의 작품으로만 취급받았다.

그래도 그들의 사랑이 굳건했다면 괜찮았겠지만 문제는 딸을 버리고, 남편을 버리고, 명예조차 버리고 선택한 존 레논의 사랑이 흔들리기 시작했다는 것이다. 마약과 알코올에 빠진

평화를 위한 침대 시위(Bed - In for Peace)
1969년, 존 레논과 오노 요코는 암스테르담 힐튼 호텔의 신혼여행 방을 공개했다. 베트남 참전을 반대하는 침대 평화 시위는 1주일이나 계속됐다. 공개 섹스를 기대하며 몰려왔던 기자들은 일주일 내내 아무 일도 일어나지 않자 질문했다.
"침대에 나란히 앉아 도대체 뭘 하고 있는 겁니까?"
"우리는 그저 평화를 위해 노력하고 있어요."
두 사람이 취재진 앞에서 부른 '평화에 기회를(Give Peace a Chance)'은 반전운동가로 유명해졌다.

존은 첫 결혼에서 그랬듯이 계속 여자들과 스캔들을 일으켰다. 오노 요코도 참지 않고 맞바람을 피웠다. 그들의 사랑은 동화가 아니라 '사랑과 전쟁'이 되어버린다.

결국 존 레논이 집을 나가 비서였던 메이 팡과 동거를 시작했을 때 사람들은 그들의 결혼이 깨질 것으로 예상했다. 하지만 예상과는 달리 오노 요코는 존 레논의 곁을 떠나지 않았다. 사람들이 말하는 것처럼 존 레논의 아내라는 지위를 버리고 싶지 않아서였을 수도 있고, 우리가 생각하는 것과는 달리 존 레논을 진정으로 사랑했을 수도 있다.

어쨌든 오노 요코는 존 레논과의 끈을 놓지 않았다. 매일 메이 팡에게 전화를 걸어 존 레논의 하루 일과를 보고받고, 식단과 의상을 비롯한 일상생활을 관리하기까지 했다. 그렇게 눈물겨운 희생을 한 지 1년, 결국 존 레논은 오노 요코에게 돌아왔다.

1980년 12월 8일, 존 레논은 데이비드 채프먼이라는 정신병자의 총에 맞아 생을 다했다. 하지만 오노 요코는 존 레논의 일생에서 마지막 사랑으로 남았다.

존 레논과 오노 요코의 사랑 이야기를 되짚어보노라면 사랑이라는 단어에 대한 나의 정의가 흔들린다. 그들은 결혼생

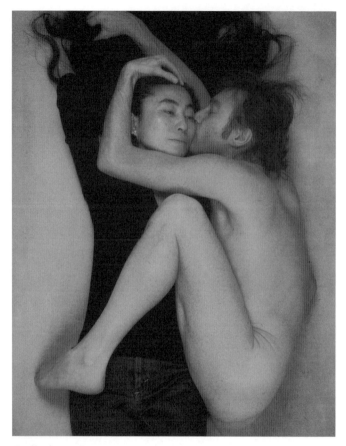

존 레논과 오노 요코
존 레논이 저격당하기 전날, 애니 레이보비츠가 찍은 1981년 1월 22일자 〈롤링 스톤〉
지 커버 사진이다.
애니 레이보비츠는 사진 촬영을 하며 이렇게 요청했다.
"당신이 오노 요코를 얼마나 사랑하는지 보여주세요."
그러자 존 레논은 입고 있던 옷을 훌훌 벗었고, 오노 요코를 껴안고 입을 맞추며 말
했다.
"이것이 내가 요코를 사랑하는 방식입니다. 사랑에는 수치심이나 자존심 따위는 존
재하지 않습니다."
이 사진은 〈롤링 스톤〉의 존 레논 추모 특집사진으로 헌정되었으며, 미국 잡지편집
인협회가 선정한 40년간 발행된 잡지 중 최우수 잡지 표지로 뽑혔다.

활의 권태를 극복하기 위해 서로가 다른 상대와 섹스하는 것을 용납했으며, 심지어 집을 나가 다른 사람과 동거하는 것까지 허용한다. 예술가적 기질이 풍부하고 감성의 폭이 넓은 두 사람이니 사랑에 대한 정의가 평범한 사람들보다 자유롭고 진보적이며 융통성이 있다고 생각할 수도 있다.

존 레논이 죽은 뒤 오노 요코는 그들의 사랑을 세기의 사랑으로 묘사하기 위해 많은 노력을 기울였다. 나도 거기에 세뇌당한 것일까? 나는 그들이 사랑을 했다고 믿어주고 싶었다. 비틀즈를 사랑하는 마음이 컸기에 존 레논의 사랑을 믿고 싶었는지도 모른다.

하지만 오노 요코가 미움을 받는 것은 단순히 우리가 사랑했던 슈퍼스타와 결혼했기 때문만은 아니다. 일단 오노 요코는 당시 무명에 가까운 전위예술가였다. 동료 전위예술가들은 오노 요코가 유명세를 얻기 위해 팝스타를 쫓아다닌 적이 한두 번이 아니었다고 증언한다. 폴 매카트니는 오노 요코가 존 레논을 쫓아다니기 전에는 자신을 스토킹했다고 말하기도 했다.

또한 오노 요코는 존 레논이 첫 아내 신시아 포웰과의 사이에서 낳은 줄리안을 그리워하는 것을 알면서도 부자 사이를 방해하기 위해 수단과 방법을 가리지 않았다. 줄리안이 존 레

스트로베리 필즈(Strawberry Fields)
존 레논을 추모하기 위해 만든 곳으로 미국 맨해튼 센트럴파크 안에 있다. 오노 요코가 기부한 돈으로 1985년 10월 9일 존 레논의 생일에 맞춰 개방했다. 비틀즈의 노래 '스트로베리 필즈 포에버(Strawberry Fields Forever)'에서 이름을 따왔으며, 바닥에는 비틀즈 최고의 히트곡 중 하나인 '이매진(Imagine)'이 새겨져 있다.

논에게 여러 번 편지를 썼지만, 오노 요코는 편지를 중간에서 가로채서 그들 사이를 멀어지게 만들었다.

여기까지는 그나마 이해해보려고 노력할 수 있다. 하지만 존 레논이 죽은 뒤 오노 요코가 보인 행동은 도저히 이해가 불가능하다.

오노 요코는 존 레논이 평소 화장을 두려워해서 매장되기를 바랐다는 것을 알면서도 존 레논을 화장해버렸다. 그리고 아무에게도 존 레논의 유골함이 어디에 있는지 알려주지 않았다. 오노 요코는 현재 존 레논과 살았던 다코타 아파트에 계속 살고 있는데, 존 레논의 유골함은 그 아파트 안에 있을 것으로 추정되고 있다. 한편에서는 뉴욕 센트럴파크에 유골을 뿌렸을 것으로 추측하기도 한다.

수많은 팬이 존 레논을 기리고 싶어 했지만 오노 요코는 장례식조차 제대로 치르지 않았다. 또한 존 레논과 관련된 모든 물건을 팔아치웠다. 존 레논의 피 묻은 안경, 줄리안과 그림을 그린 스케치북, 팬티, 변기 등등 팔아치울 수 있는 건 모두 경매에 넘겼다. 그러면서도 존 레논의 아들인 줄리안에게는 유산 분배를 거부해 결국 소송까지 갔다. 줄리안은 소송을 통해 받은 유산을 아버지의 유품을 다시 사는 데 모두 써야만 했다.

유리의 계절
(Season of Glass)
1981년. 오노 요코의 음악 앨범 표지.
오노 요코는 존 레논이 저격당하던 순간을 바로 옆에서 목격했다. 자신의 일생에서 가장 끔찍했던 순간을 영원히 기억하기 위해 당시 피로 얼룩졌던 존 레논의 안경을 직접 촬영했다. 2013년, 오노 요코는 이 사진을 트위터에 올리며 총기 사용에 반대하는 입장을 밝히기도 했다.

게다가 오노 요코는 존 레논이 죽은 지 넉 달도 지나지 않아 골동품상 존 하바드토이와 동거를 시작했고, 다음 해 결혼해서 2002년 이혼할 때까지 그 사실을 대중에게 비밀로 했다. 존 레논과의 사랑을 세기의 사랑으로 포장하는 데 방해가 되었기 때문이다.

존 레논과 오노 요코의 사랑에서 동화처럼 예쁜 해피엔딩을 바란 것은 아니다. 그저 평범하더라도 소박하더라도 인간에 대한 최소한의 예의는 지키는 게 사랑이 아닐까 하는 의문이 남는다.

그래도 오노 요코가 이혼으로 끝내지 않은 결혼은 존 레논과의 결혼뿐이었다. 어쩌면 오노 요코는 그녀만의 방식으로 존 레논을 사랑했는지도 모른다. 비록 그 사랑이 우리가 생각하는 것과는 많이 다르더라도 말이다.

오노 요코는 정말 제멋대로 산 것처럼 보일 수도 있다. 사실 제멋대로 산 게 맞다. 아마 본인도 인정하지 않을까? 전남편과 이혼을 끝내기도 전에 항상 다음 남편의 아이를 임신하는 여자라니! 오노 요코에게는 법이나 관습, 윤리나 도덕, 의무와 책임 따위는 아무런 의미가 없어 보인다. 그래서 언제나 비난과 조롱을 몰고 다녔다. 하지만 그건 어디까지나 그녀만의 사생활로 치부할 수도 있다.

조각 내기(Cut Piece)
1964년. 뉴욕 카네기 리사이틀홀.
지시문 : 무언가를 잘라라.

1964년 도쿄의 소게츠 아트센터에서 처음 공연된 이 작품은 오노 요코의 대표작이다. 무대 중앙에 무릎을 꿇고 있는 오노 요코의 옷을 관객들이 가위로 잘라낸다. 그렇게 타인의 가위질에 발가벗겨진 오노 요코의 모습은 항상 사람들에게 비난받고 상처받은 그녀의 인생과 닮아 있다.

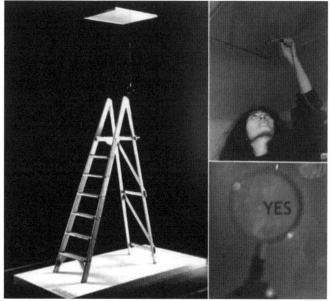

천장화(Ceiling Painting)
1966년.
지시문 : 사다리로 올라가라. 돋보기로 쓰인 글자를 확인하라.

돋보기로 확인한 글자는 'YES'.
영국 전시회 오픈 전날, 존 레논이 오노 요코의 전시회장에서 처음 보고 감명을 받은 작품이다. 이날 이후 오노 요코는 존 레논을 따라다니기 시작했다. '후원'을 받기 위해 존 레논을 스토킹했다는 오노 요코는 그날 만나기 전까지 존 레논의 얼굴을 몰랐다고 했다. 하지만 존 레논보다 먼저 오노 요코의 스토킹 표적이 되었던 폴 매카트니는 오노 요코가 비틀즈에 대해 상당히 잘 알고 있었다고 말했다.

어쨌든 난 오노 요코의 그 망설임 없는 결단력이 부럽다. 현재 남편과 이혼하기도 전에 다음 남편의 아이를 임신하는, 조금의 망설임조차 용납하지 않는 그 결단력만큼은 세계 최고라고 인정해야 하지 않을까?

나는 결단력이 부족하다. 친구들과 약속 장소를 정할 때도, 음식점에 가서 메뉴를 고를 때도 망설이고 갈등하고 주저한다. 그러니 일상생활은 어떻겠는가? 완전 선택불능론자의 삶이다. 어떻게든 타인에게 결정을 미룬다. 그리고 타인에게 책임을 전가한다. 아, 이 음식은 맛이 없어. 이 영화보나 서 영화가 훨씬 재미있을 텐데. 혼자 마음속으로 후회하면서 선택한 사람을 원망한다.

문제는 인생에 타인에게 선택을 미룰 수 있는 단순한 선택만 존재하는 게 아니라는 데 있다. 반드시 내가 해야만 하는 선택이 매 순간 닥쳐온다. 그럴 때마다 나는 두려움에 떨면서 주저하고 망설인다. 나는 언제나 삶의 결정에 대한 결과가 부정적이고 불안정할 것으로 확신하는 편이다.

이 나이에 새로운 뭔가를 배우는 게 너무 늦은 것은 아닐까? 이 직장을 그만두면 다음 직장을 구할 수 있을까? 내가 이 사람을 영원히 사랑할 수 있을까? 이 감정이 진정한 사랑이긴 한 걸까? 나 하나만으로도 버거운데 아이를 낳아 잘 보살필 수 있을까? 내가 이런 글을 쓰면 사람들의 비웃음을 사지는 않을까?

그 수많은 선택에 내가 어떤 결정을 했느냐고? 결정하지 않았다. 그저 미루기만 했다. 나의 방어기제는 언제나 회피와 외면, 무관심의 도돌이표를 그린다.

그러다 보니 선택할 수 있는 시간은 점점 줄어들고 또 다른 삶의 가능성은 희박해졌다. 새로운 무엇을 배우지도 못했고, 직장을 옮기지도 못했으며, 결혼과 양육은 포기했고, 글을 쓰는 일은 즐거움보다 두려움이 되어버렸다. 한마디로 희망이 없는 삶이다. 그러니 우울증이 올 수밖에.

도대체 난 무엇을 그렇게 두려워했던 걸까?

직업이 적성에 맞지 않는다면 진즉에 때려치웠어야 한다. 혹시나 원하는 직업을 구하지 못한다 해도, 사실 지금 직업도 바라던 직업은 아니었잖은가. 결혼했는데 사랑이 식었다거나 문제가 발생하면 이혼이라는 제도도 있다. 내 글에 악성댓글을 다는 사람들? 나도 악성댓글을 달아주면 되지.

바보처럼 난 상처가 두려워 늘 망설이기만 했다. 멍청하게도 부정적인 결과가 무서워 언제나 주저했다. 일어나지도 않은 미래의 상처와 모욕을 추측하고, 다가오지도 않은 불행을 확신하며 언제나 제자리걸음만 하는 게 바로 현재의 나였다.

본능대로 제멋대로 산 것처럼 보이는 오노 요코도 행복하기만 하지는 않았다. 오노 요코도 분명 상처투성이였다. 일단 어딜 가나 비틀즈의 광팬들에게 시달렸다. 아무리 강인한 자아와 드높은 자존심을 가지고 있다 해도 몇 십 년간 계속되는 비난과 조롱에 상처를 받지 않기란 불가능하다.

얼마 전 인터넷 연예뉴스 게시판에서 댓글창이 없어지는 일이 있었다. 많은 연예인이 악성댓글로 상처받거나 자살한다. 그 많은 돈을 버는 대가로 악성댓글도 견뎌야 한다고? 말도 안 되는 소리다. 오노 요코는 단지 자신이 원하는 삶을 살았다는 이유만으로 사람들의 비난과 조롱을 견뎌야 했다. 오노 요코의 문란한 사생활에 충격을 받아 정신병원에 입원시키기도 했던 일본의 가족은 그녀를 버렸고, 전남편과 딸은 숨어버렸다.

악녀라고 해서 상처를 받지 않는 건 아니다. 하지만 오노 요코는 상처에 굴하지 않았다. 남편이 바람을 피운다는 사실에 상처를 곱씹으며 울기보다는 남편을 되돌아오게 하려고 싸우는 쪽을 택했다. 그리고 자신의 선택에 망설임 없이 최선을 다했다.

법이나 관습은 시대나 환경에 따라 변한다. 어쩌면 그녀는 법이나 관습을 어겼던 게 아니라 자신의 모든 것을 걸고 자신과 맞지 않는 법이나 관습과 싸웠던 것인지도 모르겠다. 오노 요코는 일본에서는 나름대로 명문가인 집안에서 내쳐지는 일을 겪으면서도 전위예술을 포기하지 않았으며, 전위예술에서는 선구적인 위치였다. 하지만 존 레논의 아내라는 이유만으로 과소평가되는 것에 오노 요코는 개의치 않았다. 오노 요코의 작품을 굉장히 좋아하는 나도 안타까운데 본인에게는 얼마나 상처가 되었을까? 하지만 오노 요코는 자신이 한 선택을 결코 후회하는 법이 없었다. 그리고 또 다른 선택에 직면했을 때 과거에 얽매여서 망설이는 법도 없었다.

어쩌면 나도 그렇게 단호하게 망설임 없이 행동해야 할지도 모른다. 이런저런 계산을 하느라 시간을 끌지 말고, 어리석은 자존심을 내세워 미루지 말고, 전혀 모르는 타인의 시선에 신경 쓰느라 움츠러들지 말고, 가족의 반대에 갈등하지 말고, 법이나 관습 때문에 주저하지 말고 내 꿈과 사랑 그리고 또 다른 무언가를 위해 망설임 없이 행동했어야 한다.

시간은 흘러가고, 선택의 가능성은 줄어든다.
결정의 그 순간, 망설이지 마라!

그게 오노 요코가 알려준 악녀의 십계명이다.

과거에 대한 후회나 미련 따위는 버려라

조르주 상드(George Sand)

본명 아망틴 뤼실 오로르 뒤팽(Amantine Lucile Aurore Dupin)
출생 1804년 7월 1일, 프랑스 파리
사망 1876년 6월 7일, 프랑스 노앙빅(향년 71세)

상처

덤불 속에 가시가 있다는 것을 안다.
하지만 꽃을 더듬는 내 손 거두지 않는다.
덤불 속의 모든 꽃이 아름답진 않겠지만
그렇게라도 하지 않으면
꽃의 향기조사 맡을 수 없기에.

꽃을 꺾기 위해서 가시에 찔리듯
사랑을 얻기 위해
내 영혼의 상처를 견뎌낸다.
상처받기 위해 사랑하는 것이 아니라
사랑하기 위해 상처받는 것이므로.

사랑하라. 인생에서 좋은 것은 그것뿐이다.

- 조르주 상드

George Sand

코르셋을 벗어 던지고 남장을 한 채 공공장소에서 줄담배를 피웠던 여자.

이혼을 하지 않은 상태로 연하남을 연달아 사귄 여자.

동거하던 애인의 주치의와 바람난 여자.

아들의 친구와 동거했던 여자.

72세로 사망할 때까지 2천여 명의 남녀와 정신적으로 혹은 육체적으로 사귀었다는 여자.

"이런 잡년에게 매혹되는 남자들이 있다는 사실은 이 세대 남자들이 추락했다는 것을 증명한다"고 보들레르가 공개적으로 악평한 여자.

바로 프랑스 낭만파 소설가 조르주 상드다.

당시 상드는 최고의 원고료를 받는 인기 작가였다. 오노레 드 발자크,[1] 빅토르 위고,[2] 찰스 디킨스[3]도 상드에게는 대적하지 못할 정도였다. 하지만 오늘날 상드는 작가보다는 쇼팽의 연인으로 더 많이 기억된다.

상드와 쇼팽의 관계는 일반적인 남녀 관계의 패턴과 완전히 다르다. 일단 먼저 반해서 쫓아다닌 사람도 상드였다. 당시 쇼팽은 정치적 상황으로 조국 폴란드에 돌아가지 못하고, 부모조차 볼 수 없는 형편이었다. 그런 쇼팽의 고독과 절망을 상드는 연상녀 특유의 부드러움과 자상함으로 감싸 안았다. 허약하고 예민하고 신경질적인 쇼팽과 달리 상드는 그 시대에 이혼을 하고 홀로 아이 둘을 키울 만큼 강인하고 타인의 시선 따위에 흔들리지 않는 담대한 여성이었다.

상드는 폐결핵을 앓던 쇼팽의 요양을 위해 머나먼 스페인의 발데모사로 이사까지 하면서 뒷바라지를 했다. 하지만 십여 년의 사랑은 딸의 결혼 문제에 대한 의견 충돌을 극복하지 못해 결국 파국으로 치달았다. 상드는 자기 딸의 결혼을 반대했는데 쇼팽이 지지했던 것이다.

쇼팽은 상드와 헤어지고 얼마 뒤 서른아홉의 젊은 나이에 사망했다. 쇼팽은 죽기 전까지 상드를 보고 싶어 했지만 상드

피아노를 연주하는 리스트

그림에서 의자에 앉아 있는 여성이 바로 조르주 상드다. 당시에는 여성이 남성복을 입으려면 경찰의 허가를 받아야만 했고 건강, 직업, 승마 등의 이유로 신청을 해도 허가되지 않는 경우가 많았다. 하지만 조르주 상드는 남성 위주 사회의 고정관념에 항의하는 의미에서 허가 없이 바지를 입고 다녔다. 또한 당시 사회 분위기로는 공공장소에서 남자만 담배를 피울 수 있었는데, 상드는 당당하게 두껍고 커다란 시가를 피웠다. 그녀가 워낙 인기 있는 소설가였기 때문에 대중은 그녀의 행동에 그다지 반감을 갖지 않았다. (그림 : 요제프 단하우저, 1840년, 베를린 구국립미술관 소장)

는 죽어가는 옛 애인의 애원을 단칼에 거절했고, 오히려 상드의 딸이 아픈 쇼팽을 보러 갔다고 한다.

상드는 언제나 불처럼 뜨겁게 사랑하고 얼음처럼 냉정하게 이별했다. 사랑할 때는 자신의 모든 것을 내어줄 정도로 희생적이지만, 헤어질 때는 차갑고 냉정한 데다 이기적이기까지 했

쇼팽과 조르주 상드의 초상화 중 일부
바느질하는 조르주 상드의 모습은 여성의 권리, 빈곤층, 노동계급에 대해 혁명적일 정도의 발언과 행동을 서슴지 않았던 면과 조금 상반된다. (물론 이것도 편견이다!) 조르주 상드는 열렬한 공화당원으로 파리 코뮌을 공개적으로 비판했고, 1848년 임시정부의 일원이었으며, 루이 나폴레옹 보나파르트[5]의 쿠데타 기간 동안 사면을 협상하기도 했다.
(그림 : 외젠 들라크루아, 1838년)

다. 쇼팽과 가장 오랜 시간 연인으로 함께 살았지만, 그가 죽어간다고 해도 상드의 이별 법칙은 견고했다.

프란츠 리스트,[4] 빅토르 위고 등 프랑스의 예술가란 예술가는 모두 참석한 가운데 쇼팽의 장례식이 열렸다. 하지만 3천 명이 넘는 조문객 속에 상드는 없었다.

누구나 과거에 대한 후회나 미련이 있게 마련이다. 하지만 그것이 상드에게는 해당되지 않는다.

평균적으로 짧은 기간, 평범함과는 거리가 먼 연애 횟수, 헤어질 때의 태도를 빌미삼아 사람들은 상드의 사랑을 폄하하곤 한다. 아니, 조르주 상드라는 인간 자체를 비난한다. 그렇게 조르주 상드는 악녀라 불렸다.

쇼팽

프레데리크 프랑수아 쇼팽(Frédéric François Chopin, 1810년~1849년)은 '피아노의 시인'으로 불린다. 폴란드의 작곡자이자 피아니스트인 쇼팽은 조르주 상드와 헤어진 뒤 가난에 시달렸다. 1849년 그가 파리 방돔 광장에서 죽었을 때 친구들이 방세와 장례식 비용을 지불해야 할 정도로 궁핍했다. 쇼팽은 자신의 장례식에서 모차르트의 〈레퀴엠〉을 연주해달라고 부탁했지만, 장례식이 열리는 성 마들렌 교회에서 여자 성악가를 허용하지 않아 장례식이 2주나 연기되기도 했다. 결국 교회 측에서 쇼팽의 마지막 소원을 위해 양보했다.

하지만 난 잘 모르겠다. 상드는 언제나 상대방을 위해 모든 것을 바쳤다. 반면 상드의 연애 상대는 대부분 연하남으로 상드의 배려와 희생을 받기만 하는 쪽이었다.

상드는 1년에 몇 편의 소설을 쓸 정도로 다작을 하면서도 사랑하는 이를 위해 요리와 청소, 빨래 등 집안 살림도 손수 했다. 현대판 슈퍼우먼은 저리 가라 할 만큼 모든 일을 완벽하게 해내는 여자였다. 그래서 그녀의 연인관계는 언제나 모자관계처럼 변질되며 끝나버렸다.

상드는 낭만주의 문학의 대표작가로 꼽힌다. 그녀의 작품은 대부분 이상적인 사랑을 다루고 있다. 그 이상적인 사랑을 현실에서 이루고 싶어서였을까? 상드는 작품 속 여주인공처럼 사랑을 위해 자신의 모든 것을 바치고 희생하기만 했다.

카시미르 뒤데방

조르주 상드는 열아홉 살에 남작의 아들 카시미르 뒤데방(Casimir Dudevant, 1795년~1871년)과 결혼했다. 하지만 스물일곱 살에 남편과 아이들을 뒤로한 채 파리로 이주했고, 생계를 유지하기 위해 신문기사를 쓰기 시작했다. 조르주 상드는 작가 쥘 상도(Jules Sandeau)와 사랑에 빠져 공동 작업을 할 때는 '상드'라는 필명을 사용했고, 그와 헤어진 뒤 첫 번째 소설 《인디아나》(1832년)를 출판할 때부터 조르주 상드라는 필명을 사용하기 시작했다. 조르주 상드는 시인 알프레드 드 뮈세(Alfred de Musset, 1810년~1857년)와 연인이 되면서 남편과 법적으로 이혼했다. 이혼할 때 조르주 상드는 딸 솔란지를, 남편은 아들 모리스를 양육하기로 했다. 아들 모리스는 곤충학자이자 작가이기도 하다.

하지만 그녀의 사랑은 작품 속의 사랑과 달랐다. 이상적인 사랑을 꿈꾸던 상드의 사랑은 언제나 이용당하고, 착취당하고, 무시당했다. 상드의 사랑은 언제나 끔찍한 상처만 남기고 끝나버렸다.

그렇게 아낌없이 자신의 모든 것을 내주고 상대를 위해 어떤 일도 감내해서였을까? 상드는 결코 과거의 연인을 그리워하거나 과거의 사랑에 미련을 가지지 않았다.

어쩌면 나도 그렇게 살아야 했는지 모르겠다. 사랑을 위해서든 꿈을 위해서든 내 모든 것을 걸고 최선을 다해 숨이 턱밑에 차게 뛰어야 했는지 모르겠다. 상대방의 무관심과 이기심에 상처를 입어도, 내 꿈이 다시 무너지는 아픔을 꾸역꾸역 참

조르주 상드
"프랑스혁명을 끝내고 남녀평등법을 시작하면서 우리는 위대한 여성이 필요했습니다. 여성이 천사의 자질을 잃지 않고 남성스러운 재능을 가질 수 있다는 것을 증명할 필요가 있었습니다. 조르주 상드는 여성이 부드러우면서도 강해질 수 있다는 것을 증명했습니다." 빅토르 위고는 조르주 상드의 장례식장에서 최고의 찬사를 보내며 그녀를 추모했다.
(그림 : 샤를 루이 그라티아, 1835년)

으면서, 내 속이 텅 빌 때까지 모든 것을 내주었어야 했는지 모르겠다. 그랬다면 상드처럼 후회나 미련은 없었을 테니까.

난 과거에 대한 미련이나 후회가 많은 편이다. 그때 이런 선택을 하지 말걸, 그때 저런 선택을 했어야 했는데, 그때 조금만 더 열심히 할걸…….

두더쥐처럼 과거를 파고 있다가 문득 생각했다. 그래서? 내가 열심히 살지 않았나? 아니다. 난 매 순간 '나의' 최선을 다했다. 그게 비록 다른 사람의 최선과 비교해서 모자란다 해도 난 매 순간 모든 걸 걸고 꾸역꾸역 상처나 아픔을 참으며 최선을 다했다. 적어도 나는 내 인생을 무절제한 낭비로 흘려보내지 않았다.

남들이 열 시간 공부할 때 내가 한 시간밖에 공부하지 못했다고 해서 최선을 다하지 않았다고 말할 수는 없다. 개인마다 체력과 집중력과 환경이 다르니까. 나에겐 그 한 시간이 최선이었던 것이다. 그런데도 바보처럼 최선을 다하지 않았다고 과거의 나를 원망하고 후회하며 미련을 떨었다. 타인과 나를 비교하는 것은 가장 어리석은 일이다.

난 몇 년에 한 편의 소설을 쓰는 것도 어렵고, 라면 끓이는 것도 귀찮고, 청소나 빨래는 되도록 몰아서 한다. 한마디로 난 절대 상드처럼 될 수 없다. 상드의 최선과 나의 최선을 비교하는 것은 어리석은 일이다. 상드처럼 완벽한 슈퍼우먼이 되는 것은 당연히 포기할 것이다.

내가 아닌 누군가의 최선을 닮으려고 애쓰는 것은 나를 고문하고 학대하는 일이라는 것을 깨달았다. 난 그저 여기서 나의 최선만 다하면 된다.

그래도 상드의 한 가지 점만은 닮으려 한다. 과거에 대한 후회나 미련 따위는 버릴 것이다. 어쨌든 그 순간 나는 내 선택에 최선의 노력을 했으니까.

과거에 대한 후회나 미련 따위는 버려라!

그것이 상드가 내게 알려준 악녀의 십계명이다.

나는 악녀가 되기로 결심했다

84

조르주 상드
러시아 소설가 표도르 도스도옙스키(Fyodor Dostoevsky)는 조르주 상드의 수많은 소설을 읽고 번역하기도 했으며, 영국의 시인 엘리자베스 버렛 브라우닝(Elizabeth Barrett Browning)은 〈조르주 상드 : 욕망〉과 〈조르주 상드 : 인식〉이라는 시를 썼다. 또한 조르주 상드는 미국의 시인 월트 휘트먼(Walt Whitman), 프랑스 소설가 마르셀 프루스트(Marcel Proust) 등 많은 작가들에게 영감을 주었다.
(사진 : 나다르, 1864년)

1 오노레 드 발자크(Honoré de Balzac, 1799년~1850년)는 프랑스 작가다. 발자크가 1842년 자신의 소설 전체에 붙인 제목인 《인간 희극》은 프랑스 문학에서 가장 중요한 작품 중 하나로 꼽힌다.

2 빅토르 마리 위고(Victor-Marie Hugo, 1802년~1885년)는 프랑스의 시인이자 소설가다. 시집으로는 《징벌》, 《명상시집》 등의 작품이 있으며, 소설로는 《레미제라블》, 《바다의 노동자》 등이 있다.

3 찰스 존 허펌 디킨스(Charles John Huffam Dickens, 1812년~1870년)는 영국의 소설가다. 그의 작품으로는 《데이비드 코퍼필드》, 《위대한 유산》, 《올리버 트위스트》, 《크리스마스 캐럴》, 《두 도시 이야기》 등이 있다.

4 프란츠 리스트(Franz Liszt, 1811년~1886년)는 헝가리 출신의 작곡가이자 피아니스트다. '피아니스트의 왕', '피아노의 신', '피아노의 파가니니'라 불리는 그는 교향시를 창시한 인물로 '교향시의 아버지'라고도 불린다.

5 나폴레옹 3세 또는 샤를 루이 나폴레옹 보나파르트(Charles Louis Napoléon Bonaparte, 1808년~1873년)는 최초의 프랑스 대통령이자 프랑스 제2제정의 유일한 황제다.

05

타인을 위해
자신의 삶을
희생하지 마라

측천무후(則天武后)

본명 무조(武曌)
별칭 무후, 무측천, 측천후
시호 측천순성황후(則天順聖皇后)
재위 690~705년
출생 624년, 당나라
사망 705년 12월 16일, 당나라(향년 81세)

여자로 태어나서 하고 싶은 것을 못한다고 얼어만 있지 마라!

나는 아버지 무사확의 후처 소생 둘째 딸로 태어나 열네 살 때 최말단 후궁 재인이 되어 당태종 이세민을 가무로 섬겼다.

황궁 생활 초기에 나의 경쟁자는 여자였으나, 비구니로 물러앉았다가 태종의 아들 고종의 총애를 받으며 황궁으로 돌아와 아들 넷, 딸 둘을 낳고 황후가 된 후부터 나는 남자들과 힘겨운 전쟁을 시작했다.

장손 무기를 내쳤고, 상관의를 처형하였으며, 심지어 내 아들 네 명도 차례로 버렸다.

내 나이 예순일곱.

여자든 남자든 아무도 도전할 수 없는 철옹성을 만들고 나서 역사상 전무후무한 여제 성신황제(聖神皇帝)가 되어 15년간 천하를 다스렸다.

- 측천무후 ·

則天武后

태종의 후궁으로 태종 사후에 절로 쫓겨나자, 그 아들인 고종을 유혹해 또다시 후궁이 되어 궁으로 되돌아온 여인.

갓 태어난 딸을 자신의 손으로 죽여버리고는 황후가 죽였다고 모함해 내쫓고 황후가 된 여인.

황제에게 자신에 대한 직언을 했다는 이유로 장남을 독살한 냉정한 어머니.

사이가 좋지 않았던 차남을 강제로 자살하게 만든 무서운 어머니.

셋째 아들 중종이 말을 듣지 않자 폐위시켜버린 당나라의 정치 실세.

넷째 아들 예종을 마음대로 조종하는 것에만 만족하지 못해 폐위시키고 스스로 황제가 된 여인.

여자는 황제가 될 수 없다는 당나라의 철칙에 새로운 나라인 '대주'를 세우고, 중국 유일의 여황제가 된 여인, 무조.

바로 우리가 측천무후라 부르는 사람이다.

측천무후는 자신의 아들마저 죽일 만큼 반대파를 매우 엄격히 감시하고 통제하는 공포정치를 실시해 악명을 떨쳤다. 측천무후가 죽인 반대파의 숫자만 93명에 이르며, 이 가운데 23명은 가족이나 친척이라고 하니 악명을 떨칠 만했다.

과거 어느 시대에나 공포정치는 존재했다. 그리고 그 압박과 통제는 혁명이라는 이름의 저항운동으로 끝나버리곤 했다. 물론 측천무후의 시대에도 '난'은 있었지만 측천무후가 죽기 직전까지 황제로 남을 수 있었던 것은 그녀의 뛰어난 정치력 덕분이었다.

명문귀족 출신도 아니었고, 더욱이 여자의 몸으로 황제에 오른 측천무후는 철저히 능력 위주로 관료를 등용했다. 그 덕분에 측천무후가 나라를 다스리던 시기에는 백성들의 생활이 안정적이고 편안했다고 해서 '무주의 치'라고 불리며, 이후 당의 전성기를 이끄는 기초를 마련했다는 평가를 받는다.

측천무후

측천무후는 성욕이 강해 하룻밤도 남자 없이는 잠들지 않
았다고 전해진다. 때로 미소년들을 선발해 수청을 들게 한
것은 물론, 신하와 길거리의 고약장수까지도 마음에 들면
잠자리로 불러들였다. 77세의 나이에도 수청을 든 남자들이
쓰러져 방에서 실려 나올 만큼 정력이 강했다고 한다.

측천무후(則天武后)

고종은 어려서부터 병약해 정무를 볼 수 없었기 때문에 측천무후는 고종의 생전에도 고종을 천황(天皇), 자신을 천후(天后)라 부르게 하며 사실상의 권력을 휘둘렀다. 고종보다 다섯 살 연상인 측천무후는 고종의 다른 후궁에 대한 견제와 감시를 게을리하지 않았고, 어떻게든 쫓아낼 궁리를 했다. 측천무후가 소숙비를 모함하여 손발을 자르고 술항아리에 넣어 죽인 일화는 유명하다. 소숙비는 죽으면서 "무후는 쥐가 돼라. 나는 고양이가 되어 그 쥐를 잡아먹을 것이다"라고 저주했고, 그 후 측천무후는 궁중에서 고양이 키우는 것을 금지하였다.

내가 측천무후를 처음 알게 된 것은 중학교 시절이었다. 중국 드라마가 한창 인기였다. 그때는 드라마도 비디오 대여점에서 빌려 보던 시절이었다. 엄마는 어떻게든 나와 여동생이 드라마를 못 보게 하려고 갖은 수를 써가며 비디오테이프를 숨겼지만, 우리는 무슨 수를 써서라도 비디오테이프를 찾아내곤 했다. 당시에 가장 감명 깊게 본 드라마가 바로 〈측천무후〉다.

여자가 황제가 되다니!

어머니가 아들을 죽이다니!

측천무후의 삶은 내 가치관을 뒤흔들 만큼 충격적이었다. 내가 어렸을 때만 해도 아들을 낳을 때까지 줄줄이 출산하거나, 딸이라는 것을 알면 낙태를 하던 남존여비 사상이 강한 시절이었다. 교과서를 비롯한 대중매체에서 표현하는 어머니 상은 언제나 가족을 위해 희생하는 자애로운 여성이었다. 그런 사회적 세뇌에 익숙해져 있었던 내게 측천무후는 파격적이고 새로운 여성상을 보여주었다.

측천무후의 삶에 너무 몰입해서일까(원래 드라마는 주인공 위주의 서사이긴 하다), 측천무후가 아들을 죽였다는 사실에도 난 측천무후를 나쁜 어머니라 생각지 않았다. 아니, 오히려 아들을 죽일 수밖에 없었던 그녀의 입장을 이해하는 것으로도 모자라 연민의 감정까지 느꼈다.

황실의 가족과 일반적인 가족의 의미는 다르다. 영조만 해도 아들인 사도세자를 뒤주에 가두어 죽이지 않았는가? 사실 죽음의 방식에서는 영조가 훨씬 더 악랄하다. 한여름 무더위에 뒤주에 가둬 더위와 굶주림 속에 죽게 하다니. 그에 비해 측천무후는 독살이나 목을 매어 자살하게 하는 등 깔끔한 편이었다.

하지만 측천무후는 여자였기에, 어머니였기에 더 많은 비난을 받는 것 같아 안타깝다.

아들을 죽였다는 이유만으로 그녀의 생을 무조건 비난하고 싶지는 않다. 모성(母性)이란 중세시대에 와서야 만들어진 개

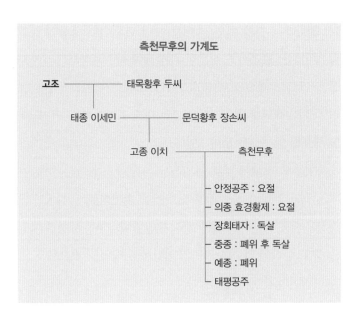

측천무후의 가계도

고조 ——┬—— 태목황후 두씨

태종 이세민 ——┬—— 문덕황후 장손씨

고종 이치 ——┬—— 측천무후

├ 안정공주 : 요절
├ 의종 효경황제 : 요절
├ 장회태자 : 독살
├ 중종 : 폐위 후 독살
├ 예종 : 폐위
└ 태평공주

념이다. 그전에는 어버이의 사랑이라는 개념이 없어서 유아들이 유기되거나 방치되거나 학대받기 일쑤였다.

그나마 귀족들은 나았다. 유모가 대신 돌보아주었으니까. 하지만 노동계층의 유아사망률은 점점 높아졌다. 그리고 일종의 '자산'인 노동계층이 줄어드는 것을 염려한 귀족들이 생각해낸 것이 바로 모성이다.

모성이라는 개념의 세뇌는 노동계층의 유전자에 새겨져 세대를 거쳐 물려 내려와 지금도 나는 '모성'이라는 단어에서 아련한 그리움을 느낀다. 혹시 자신에게 모성 본능이 부족하다

당 태종

당 태종 이세민(李世民, 598년
~649년)은 중국 당나라의 제2대 황
제로 그가 다스린 시기를 '정관의
치'라 부를 만큼 중국 역대 황제 중
성군으로 일컬어진다.
측천무후의 아버지 무사확(武士彠)
은 매우 부유한 목재 상인이었는데,
수나라 말기에 군대로 들어가 공을
세우고 당나라 조정의 관원이 되었
다. 하지만 무사확은 측천무후가 아
홉 살 때 죽었고, 당 태종은 측천무
후의 미모에 대한 소문을 듣고 측천
무후를 궁으로 불러들인다. 이때 측
천무후의 나이 열넷, 당 태종의 나이
마흔이었다.
측천무후는 당 태종의 최말단 후궁
재인이 되었지만, 십 년이 넘는 세월
동안 임신하지 못한 것으로 보아 그
리 사랑을 받지는 못했던 것으로 추
정된다. 태종이 죽은 뒤 아이를 갖지
못한 태종의 비빈들은 모두 비구니
로 감업사에 보내져 당 태종을 위해
기도해야만 했다.

당 고종

중국 당나라의 제3대 황제인 이치(高宗 李治,
628년~683년)가 아버지의 후궁이었던 측천무
후를 감업사에서 황실로 데려올 수 있었던 이
유 중 하나는 아이러니하게도 왕황후였다. 당
시 소생이 없던 왕황후는 아들이 있는 소숙비
와 암투를 벌이고 있었는데, 측천무후를 황궁
에 들여 고종의 총애를 분산하려 했다. 하지만
왕황후는 측천무후가 낳은 딸을 죽였다는 누
명을 쓰고 자결해야만 했다. 그리고 황후가 된
측천무후는 몸이 약한 고종을 대신해 정치를
시작하며 권력의 서막을 열었다.

고 느껴 고민하는 여성이 있다면 말해주고 싶다. 아마도 당신의 조상은 중세에 귀족계급이었던 모양이라고.

우리나라는 유난히 혈연을 강조하는 경향이 있다. 특히 가족은 절대 건드리면 안 되는 성역처럼 취급된다. 그래서 가족이 없어도, 가족과 사이가 멀어도 흠이 되어버린다.

가족이란 비슷한 유전자를 가진 사람들이 물리적으로 한 공간에 모여 함께 생활하면서 가까워진 관계라고 생각한다. 가족이 공유하는 경험과 시간을 그 무엇으로도 바꾸기 힘들다는 것은 나도 인정한다. 하지만 가족이란 가까운 사이여서 더 이해와 배려가 필요한 관계이기도 하다. 절대적으로 의지하는 가까운 사람에게 입은 상처는 훨씬 깊고 치명적이다. '가족도 이해하지 못하는데 세상 누가 나를 이해해줄까' 하는 생각 때문에 상처는 절망과 두려움으로 썩어 들어가 치유가 불가능해진다. 그 상처는 언제든 툭 건드리면 다시 피를 토하며 벌어진다.

비슷한 유전자를 가진 사람들이지만 가족들은 나와 다른 독립적인 개체라는 인식을 하기까지는 나도 오랜 시간이 걸렸다.

우울증과 불면증으로 치료를 받는 내게 여동생이 말했다.

"밖에 나가서 하루 종일 뛰어봐. 그럼 잠이 오지 안 오겠어?

건릉(乾陵)

중국 산시성 시안 서쪽 량산(해발 1,047m)에 있는 건릉에는 측천무후와 당 고종이 합장되어 있다. 중국 역대 황제들의 무덤이 대부분 도굴을 당한 것과는 달리 건릉은 천연의 석산(石山) 깊숙한 곳에 건설되어 대포까지 동원한 도굴 시도에도 버텼을 만큼 견고하다. 건릉은 현재까지 유일하게 도굴되지 않은 중국 황제의 무덤이다.

최근 중국 국가문물국과 산시성 문물국, 건릉박물관 등이 건릉 발굴을 위한 대규모 사전조사에 들어갔다고 한다. 면적 240만㎡, 내부 방이 380칸이나 되는 대규모 고분의 발굴에는 수년이 걸릴 것으로 추정된다.

왜 약까지 먹으면서 잠을 자?"

인간도 동물이다. 모든 동물은 생존본능을 지닌다. 그 생존 본능을 무력화시키는 무서운 병이 우울증이다.

"도대체 뭐가 부족해서? 나 같으면 떵떵거리고 잘 살겠다."

"자기보다 훨씬 힘든 사람들도 열심히 살려고 노력하는데, 돈도 있는 애가 왜 우울증이래?"

"다 배가 불러서 그렇지."

우울증에 걸린 연예인의 기사에 달린 댓글들은 가족들이 내게 한 말과 겹쳤다. 이해받지 못한다는 것은 고립된다는 뜻이다. 가족이라는 집단이 주는 소속감과 안정감이 사라지는 순간, 외로움에 빠져 허우적거리게 된다.

가족이란 무조건적이고 절대적인 '성역'이 아니며, 그들도 나와 '다른' 사람일 뿐이다. 이 명제를 도출하기까지의 과정은 생략하자. 풀어내자면 눈물 난다.

내 가족이 이해되지 않는 순간이 있듯 가족이 나를 이해하지 못하는 순간도 받아들일 수 있는 여유를 가져야 비로소 온전한 가족이 된다. 그리고 이해할 수 없어도 이해해주는 '척'하는 배려를 해야 화목한 가족이 된다.

자녀에게 인생을 다 걸고 살던 친구들이 아이들이 자라면 우울증에 걸리는 경우를 자주 본다. '빈 둥우리 증후군'이다.

가족은 서로 희생하는 관계가 아니라 배려하는 관계여야만 한다고 생각한다. 배려란 주고받는 관계다. 어머니는 자식을 위해 일방적으로 희생하지 않는다. 자식의 애교를 보고 즐거워하고, 자식의 말 한마디에 힘을 얻어 생을 살아간다. 희생이란 일방적인 배려다. 어느 한 사람의 희생으로 버티는 가족은 행복할 수 없다. 희생하는 사람이 불행한데 어떻게 그 가족이 행복하다고 할 수 있겠는가? 당신이 누군가를 위해 희생을 하고 있다면 그건 이미 잘못된 관계다. 잘못된 관계는 파국을 부를 뿐이다. 하물며 가족이 그런데 타인은 어떻겠는가?

어린 시절 동화책을 달달 외울 만큼 읽은 탓인지 나도 모르는 사이 성선설과 권선징악에 세뇌되어 있었다. 그러니까 착하게 살아야 한다고 생각했다. 실제로 나는 착하지 않은데도 말이다. 의식적으로 타인을 배려하려고 많이도 노력했다.

내가 다니는 직장은 일주일에 한 번씩 돌아가며 야근을 해야 했다. 그래서 어린아이가 있는 엄마들은 항상 야근 때문에 힘들어했다. 남편이나 친정엄마 등 아이를 봐줄 사람이 있는 경우는 그나마 나았지만 그렇지 못한 경우도 많았다.

한번은 야근 당직자가 아이가 아프다며 자기 대신 야근할 사람을 구하느라 발을 동동 굴렀다. 밤늦게 혼자 사무실에 있으면 왠지 아무 일을 하지 않아도 힘든 법이다. 당직을 바꾸어주겠다는 사람은 아무도 없었다. 나도 약속이 있었다. 하지만 울기 직전의 직원을 보고 있으니 맘이 좋지 않아 약속을 취소하고 야근을 바꿔주었다. 분명 바꿔준 것이다. 그런데 그 직원은 바꾼 날짜에 모른 척 일찍 퇴근해버렸다. 황당했다. 하지만 참았다.

문제는 그다음부터다. 그 직원은 아이 핑계를 대면 내 마음이 약해진다는 것을 알고 나서는 자꾸 야근을 떠넘겼다. 그래, 참자. 일부러 봉사도 하러 다니는데 아는 사람을 위해 이 정도 봉사는 해주지. 그런 마음으로 몇 번 야근을 대신 해주었다.

연말쯤이었다. 업무가 몰려 과로했더니 몸이 결국 말썽을 일으켰다. 야근 당직날, 열이 40도를 오르내리고 입술이 부르터서 터졌다. 한눈에 봐도 '나는 아프나'는 얼굴이었다. 도저히 야근을 할 수 없을 것 같았다. 야근은 2명씩 조를 짜서 하게 되어 있었다. 마침 내게 여러 번 야근을 떠넘겼던 직원이 나와 함께 야근을 하는 날이었다. 하늘이 도왔는지 그날따라 야근 당직업무도 적었다.

나는 그 직원에게 혼자서 야근을 해달라고 부탁했다. 오늘 대신 해주면 다음에 내가 야근을 두 번 대신 해주겠다고. 그 정도로 아팠다. 하지만 그 직원은 단칼에 거절했다. 더 이상 말을 꺼내기가 구차할 정도였다.

서운했다. 화가 났다. 내 감정은 요동을 쳤다. 다른 직원에게 바꿔달라는 부탁을 꺼내기조차 두려울 정도였다. 아픈 몸으로 야근을 하는 내내 생각했다. 분명 봉사하는 마음으로 해주자고 결심했고, 봉사란 대가를 바라지 않아야 한다. 그런데 마음속으로는 대가를 바라고 있었나 보다. '착한 사람'이라는 칭찬, 그 동료와 관계가 좋아질 거라는 기대, 나도 필요한 순간 배려를 받을 거라는 희망. 나도 모르게 내 마음은 그런 대가를 바라고 있었던 것이다.

역시 내게는 '희생'과 '봉사'라는 것이 불가능하다는 사실을 깨달았다. 착하지 않은데 착하게 살려고 노력하는 게 얼마나 어리석은지도 알았다. 착하게 살기 위해 나도 모르게 나 자신을 괴롭히고 있었다는 사실도 인정하게 되었다.

현실에서는 권선징악이 실현되는 것이 거의 불가능하다. 동화가 어린아이의 이야기인 것은 그 이야기에 공감할 수 있는 어른이 없기 때문이다. 현실에서는 윤리가 이익을 위해 훼손되고, 원칙은 융통성이라는 이름으로 뭉개지며, 노력은 사소한 불운에 짓밟힌다.

하지만 어린 시절 동화에 세뇌당한 나는 동화 같은 세상을 꿈꿨다. 원리원칙을 지키려고 노력하고, 부도덕한 일은 절대 하지 않았다. 문제는 내가 그러니 남도 그래야만 한다고 생각했다는 것이다.

나는 거래처에서 몰래 뒷돈을 받아먹는 상관과 그런 상관의 명령에 따라 서류를 조작해 거래처를 바꾸는 동료를 이해할 수 없었다. 하지만 그들에게 당당히 항의한 결과 고지식한 사회불만론자라고 비난을 받았을 뿐이다. 나는 아프다고 병가를 쓰고는 여행을 떠나버린 후배를 용납할 수 없었다. 하지만 후배에게 따져 묻는 나는 융통성 없고 신경질적이라고 욕을 들어 먹을 뿐이었다.

매사가 그랬다. 무거운 짐을 든 노인이 있으면 버스에서 자리를 양보해야 하고, 길을 잃고 헤매는 어린아이가 있으면 부모를 찾아줘야 했다. 자리에 앉은 노인이 고맙다는 인사조차 안 해도, 아이를 찾은 부모가 오히려 나를 유괴범인 양 몰아가도 권선징악에 대한 내 신념은 완고했다. 하지만 타인을 위한 선행이 오히려 나를 향한 비난으로 돌아올 때마다, 악행을 저지른 사람들이 나보다 더 인정받고 칭찬받을 때마다 어이없고 황당하고 서글펐다. 도대체 내가 뭘 잘못했는지 알 수 없었다. 그래서 우울했다.

지금에서야 깨달았다. 진정한 어른이 되려면 동화 속 세상에서 걸어 나와야 한다는 것을.

계모의 구박에 시달려도 나를 도와주는 요정 할머니 따위는 나타나지 않을 것이고, 마녀에 의해 탑에 갇힌 나를 구하러 오는 왕자 따위는 기대하지 않아야 한다.

그래서 착하게 살지 않기로 했다. 아니, 그냥 생긴 대로 살기로 했다. 본래의 나는 착하지 않은데 착하게 살려고 하다 보니 스트레스도 만만치 않았다. 희생과 봉사는 착한 사람들이나 하라고 하자. 난 그냥 못된 사람으로 살련다.

자식을 위해서든, 부모를 위해서든, 연인을 위해서든, 그 누구를 위해서든 타인을 위해 자신의 삶을 내던지고 희생하지 마라!

그것이 측천무후가 내게 알려준 악녀의 십계명이다.

A WICKED HISTORY

MARY TUDOR
Courageous Queen
or Bloody Mary?

Jane Buchanan

SCHOLASTIC

06

융통성을 가져라

메리 1세(Mary Ⅰ)

본명 메리 튜더(Mary Tudor)
재위 1553년 7월~1558년 11월 17일(대관식 1553년 10월 1일)
출생 1516년 2월 18일, 영국 그리니치 플라센티 궁전
사망 1558년 11월 17일, 영국 런던 세인트제임스 궁전(향년 42세)

내가 죽으면 심장에 펠리페 2세와 칼레라는 글자가
새겨져 있을 것이다.

- 메리 1세

Mary Tudor

　옛날 옛적 아름다운 성에는 모든 사람의 사랑을 받는 공주님이 살았습니다. 왕과 왕비의 유일한 자식이었던 공주는 주위의 관심과 배려 속에서 행복했습니다.

　하지만 아들을 바란 왕은 왕비가 원래 형수였다는 이유로 기어이 결혼을 무효화시킵니다. 국교까지 바꾸면서 말입니다. 어머니는 왕궁에서 쫓겨나고 아직 어머니의 손길이 필요한 어린 공주는 사생아 신분으로 전락해버리죠. 새어머니 앤 불린은 공주를 구박하는 것으로도 모자라 자신이 낳은 딸 엘리자베스의 세례 성사에 서녀로 보좌하라는 명령을 내립니다. 그 뒤 공주는 이복동생 엘리자베스의 시녀로 일하기까지 하죠.

정신적 모욕감은 육체의 고달픔보다 더 견디기 힘들었습니다. 그러던 어느 날, 공주는 어머니의 죽음을 전해 들었습니다. 아버지와 새어머니는 공주의 어머니 캐서린의 죽음을 기념해 노란 옷을 지어 입고 파티를 열었습니다.

갖은 모욕과 모멸을 견딘 지 천 일. 지독하게도 공주를 괴롭히던 새어머니 앤 불린은 결국 아들을 낳지 못하고 간통죄로 처형을 당하고 맙니다.

바람둥이 왕은 아들에 대한 꿈을 버리지 못하고 제인 시모어와 또 결혼합니다. 하지만 그녀는 아들 에드워드를 낳고 산후병으로 죽고 맙니다. 왕은 아들 하나로는 만족하지 못했습니다. 게다가 에드워드 6세는 아버지가 성병이 걸렸을 때 잉태되어 태어났을 때부터 허약했습니다.

새어머니는 계속 바뀌었습니다. 아나 폰 클레페는 못생겼다는 이유로 많은 위자료를 받고 결혼무효를 받아들였습니다. 캐서린 하워드는 불륜을 이유로 처형당했습니다. 마지막 부인이었던 캐서린 파는 매독과 관절염으로 고생하던 왕이 죽은 뒤 재혼까지 하는 행운을 누렸습니다. 마지막 새어머니는 왕과 공주의 화해를 적극 주선하기도 했습니다.

공주는 아버지가 언제 변덕을 부려 자신을 처형할지 몰라 늘 두려웠습니다. 힘든 나날 속에서 새어머니들의 핍박과 심술을 참아내고, '사생아'라고 무시하며 손가락질하는 귀족들의 모욕을 견뎌야 했습니다. 아침에 눈을 뜨면 오늘은 또 무슨 일이 벌어질까 걱정하는 나날이 흘러갔습니다.

공주는 철저히 고립된 채 외롭게 자랐습니다. 재혼하기 위해 국교까지 바꾼 왕은 구교도들이 공주를 중심으로 반발할까봐 자신이 죽을 때까지 결혼을 시키지도 않을 만큼 견제했죠.

힘들고 아픈 상처로 가득한 나날 속에서 공주가 의지할 것은 가톨릭이라는 종교밖에 없었습니다. 마침내 아버지 헨리 8세가 죽고, 뒤이어 즉위한 남동생 에드워드 6세마저 죽어버렸습니다. 이에 신교도들은 제인 그레이라는 먼 친척을 여왕으로 추대했습니다. 하지만 백성과 귀족들은 공주의 정당한 왕위 계승을 원한다며 봉기했습니다. 공주는 스스로 즉위를 선언하며 잉글랜드 최초의 여왕, 메리 1세가 되었습니다.*

여기까지만 보면 메리 1세의 이야기는 동화 속 이야기 같다.

---

* 레이디 제인 그레이(Lady Jane Grey, 1537년~1554년)는 1553년 7월 10일부터 7월 19일까지 불과 9일 동안 여왕이었다고 해서 '9일 여왕'이라 불린다. 독실한 성공회 신자인 제인은 메리 1세가 런던에 입성하자마자 런던탑에 갇혔다가 반역죄로 이듬해 처형당했다. 메리 1세는 어떻게든 제인 그레이를 살려주려고 애썼지만 제인 그레이를 중심으로 반란의 움직임이 계속되자 결국 사형집행을 명령한다. 1554년 참수를 당하던 날 제인 그레이는 만 나이로 열여섯이었다. 엄격하게 말하자면 제인 그레이가 메리 1세보다 먼저 즉위한 잉글랜드 여왕이지만, 보통 제인 그레이는 여왕으로 인정하지 않는다.

헨리 8세

헨리 8세(Henry VIII, 1491년~1547년)는 잉글랜드 국왕으로 메리 1세와 엘리자베스 1세의 아버지다. 앤 불린과 결혼하기 위해 영국 국교를 바꾸었으며, 그 뒤로도 여러 번 결혼한 것으로 유명하다. 아라곤의 캐서린, 앤 불린, 제인 시모어, 아나 폰 클레페, 캐서린 하워드, 캐서린 파와 결혼했다.

헨리 8세는 첫 번째 부인인 아라곤의 캐서린과의 결혼을 무효로 선언하고 두 번째 부인인 앤 불린과 결혼하면서 로마 교황청에 의해 파문당하기 전까지는 독실한 가톨릭 신자로 유명했다. 교황 레오 10세가 헨리 8세에게 '신앙의 수호자'라는 칭호를 수여할 정도였다. 그래서 본격적인 잉글랜드 종교개혁 운동은 헨리 8세 사후에 에드워드 6세와 엘리자베스 1세 때부터 시작된다.

헨리 8세의 부인들

	성명	출생 및 사망	재위	자녀
정비	아라곤의 캐서린 (Catherine of Aragon)	1485년 ~1536년	1509년 6월 11일 ~1533년 5월 23일	메리 1세
제1계비	앤 불린 (Anne Boleyn)	1501년 ~1536년	1533년 5월 28일 ~1536년 5월 19일	엘리자베스 1세
제2계비	제인 시모어 (Jane Seymour)	1507년 ~1537년	1536년 5월 30일 ~1537년 10월 24일	에드워드 6세
제3계비	아나 폰 클레페 (Anna von Kleve)	1515년 ~1557년	1540년 1월 6일 ~1540년 7월 9일	
제4계비	캐서린 하워드 (Catherine Howard)	1520년 ~1542년	1540년 7월 28일 ~1541년 11월 23일	
제5계비	캐서린 파 (Katherine Parr)	1512년 ~1548년	1543년 7월 12일 ~1547년 1월 28일	

아라곤의 캐서린

아라곤의 캐서린(Catherine of Aragon)은 헨리 8세의 첫 아내이자 메리 1세의 어머니다. 헨리 8세와의 사이에서 낳은 아이들은 메리를 제외하고 모두 유아기에 사망했다.

캐서린은 원래 헨리 7세의 장남 웨일스공 아서와 결혼했다. 즉, 헨리 8세의 형수였다. 하지만 결혼 직후 아서가 죽었고, 교황 율리오 2세는 캐서린이 아직 처녀라는 것을 인정해 이전 혼인을 무효화시켰다. 그래서 헨리 7세의 둘째 아들인 헨리 8세와 결혼할 수 있었다.

사이가 좋았던 부부는 캐서린이 폐경기를 맞아 아기를 더 이상 낳을 수 없게 되면서 흔들리기 시작한다. 헨리 8세는 캐서린이 자신과 결혼할 때 이미 처녀가 아니었다며 결혼무효를 주장했다. 또한 캐서린과의 결혼은 형수와의 결혼으로 근친혼이나 다름없으니 그 사이에서 태어난 메리 1세는 사생아라고 선언했다. 캐서린은 죽을 때까지 결혼무효를 인정하지 않았으며, 언제나 '왕비 캐서린(Catherine the Queen)'이라고 서명했다.

앤 불린

앤 불린(Anne Boleyn)은 헨리 8세의 첫 아내인 캐서린의 시녀였는데, 아들을 가지게 해주겠다는 말로 헨리 8세를 유혹해 왕비 자리에 올랐다. 하지만 엘리자베스 1세 외의 아이들은 모두 사산하거나 유산했다.

결국 앤은 왕비의 자리에 오른 지 3년 만에 자기 오빠를 포함함 다섯 명의 남자와 근친상간을 하고 반역을 조장했다는 죄목으로 피의 탑에서 처형되었다. 그래서 '천일의 앤'이라 불린다.

제인 시모어

제인 시모어(Jane Seymour)는 앤 불린의 시녀였다가 헨리 8세의 정부가 되었다. 앤 불린이 처형당한 지 11일 만에 헨리 8세와 결혼했던 제인 시모어는 헨리 8세가 그토록 원하던 왕자 에드워드 6세를 낳은 지 12일 만에 산욕열로 숨졌다. 헨리 8세는 유일하게 아들을 낳아준 부인 제인 시모어를 '나의 진정한 아내(My True wife)'라 불렀으며, 죽은 뒤에도 제인 시모어 옆에 묻혔다.

하지만 메리 1세는 5년의 즉위 기간 동안 수백 명의 신교도를
반란자와 이단자로 몰아 처형했다. 그래서 '피의 여왕Bloody
Mary'이라 불린다.

메리 1세의 입장에서 보자면 그것은 어쩔 수 없는 일이었다.
헨리 8세는 메리 1세의 어머니 캐서린과의 결혼을 무효로 만
들기 위해 종교개혁을 했다. 그러니 신교도를 인정한다는 것
은 곧 메리 1세가 사생아라는 오명을 뒤집어쓰는 일이었다.

영국을 가톨릭 국가로 만들기 위한 메리 1세의 노력은 결혼
으로도 이어졌다. 신하들이 반란을 일으킬 정도로 반내하는

펠리페 2세
스페인 국왕 펠리페 2세(Felipe II de
Habsburgo, 1527년~1598년)는 메리 1세와
의 첫 만남 후 이틀 만에 윈체스터 대성당
에서 결혼했다.
펠리페 2세는 결혼을 4번 했다. 첫 번째 부
인이었던 사촌 마리아 마누엘라는 포르투
갈의 공주로서 산후병으로 사망했다.
메리 1세는 펠리페 2세의 두 번째 부인이었
다. 메리 1세가 죽은 뒤 펠리페 2세는 영국
과의 동맹을 위해 메리 1세의 여동생 엘리
자베스 1세에게 청혼을 했으나 거절당했다.
세 번째 아내는 카트린 드 메디시스의 장녀
인 발루아의 엘리자베스였고, 역시 산후병
으로 사망했다.
마지막 아내는 조카인 오스트리아의 안나
였는데, 아들 넷과 딸 하나를 낳았으나 막
내딸을 낳은 지 8개월 만에 심부전으로 사
망했다. 펠리페 2세는 스페인 최전성기의
절대군주였으며, 필리핀이란 이름도 그에
게서 유래되었다.

데도 메리 1세는 가톨릭 국가인 스페인의 펠리페 2세와 결혼했다.

　메리 1세는 몇 번이나 상상임신을 했을 만큼 펠리페 2세를 사랑했다. 펠리페 2세의 사랑을 얻기 위해 스페인을 도와 프랑스와 전쟁까지 벌였다가 프랑스에 남아 있던 마지막 잉글랜드 영토 칼레를 잃고 말았다. 대부분의 개신교인들은 평민이었기 때문에 강력한 종교탄압에 이어 전쟁까지 벌어지자 난소암을 앓던 메리 1세가 빨리 죽기만을 바랐다. 메리 1세를 얼마나 미워했던지 영국 국민은 200년 동안이나 그녀의 기일마다 축제를 벌였다.

메리 1세는 헨리 8세의 지엄한 명령에도 불구하고 개인예배실에서 예전 형식에 맞춰 라틴어로 미사를 올리다가 목숨을 잃을 뻔한 적도 있었다. 또한 사형집행서에 사인하는 것을 극도로 싫어하면서도 가톨릭 교리에 어긋나는 신교도 시적을 지녔다는 이유만으로 참수형에 처할 만큼 독실한 가톨릭 신자였다.

메리 1세는 블러디 메리, 즉 피의 여왕이라는 별명에도 아랑곳하지 않고 갖가지 방법으로 신교도들을 탄압했다. 그렇게 종교적 신념이 강했던 메리 1세였지만 단 한 번, 그 신념을 굽힌 적이 있었다. 헨리 8세가 "내가 잉글랜드 국교회의 수장임을 인정하고, 네 어머니 캐서린과의 결혼이 근친상간이어서 무효라는 점을 받아들인다면 내 딸로서의 위치를 회복시켜주겠다"고 제안했을 때였다.

당연히 처음에는 그 제안을 거부했다. 비록 어렸지만 종교

메리 튜더 : 용감한 여왕 또는 블러디 메리
제인 뷰캐넌의 '위키드 히스토리(A Wicked History)' 시리즈의 최신작 중 하나다. 이 책에서는 메리 1세가 음악에 재능이 있었으며, 두 살에 프랑스의 프랑시스 왕자와 약혼할 당시 왕자를 대신해서 온 프랑스 제독의 뺨에 엄숙하게 키스했다는 일화가 소개되어 있다.

에 대한 메리 1세의 신념은 굳건했다. 그런데 사촌인 신성로마
제국 황제 카를 5세의 끈질긴 설득으로 그녀는 헨리 8세의 제
안을 받아들였다.

헨리 8세는 약속한 대로 그녀의 신분을 회복시키고 지위에
걸맞은 거처를 마련해주었으며, 연금도 다시 지급했다. 하지
만 변덕스러운 헨리 8세는 제1차 왕위계승령을 의회에 제출해

니콜라스 리들리 주교와 휴 라티머 신부의 처형
존 폭스(John Foxe)의 《순교자의 서》에 묘사된 1555년 니콜라스 리들리 주교와 휴
라티머 신부의 처형 장면이다. 메리 1세 시대의 개신교도 탄압에 대해 묘사한 폭스
의 책 4권은 모두 엘리자베스 1세 시대에 베스트셀러가 되었다. 하지만 일부에서는
폭스의 책이 과장되었으며, 엘리자베스 1세 시대에 개신교를 권장하고 가톨릭을 탄
압하는 데 이용당했을 뿐이라고 평가한다. 《순교자의 서》는 존 번연의 《천로역정》과
함께 기독교 고전의 쌍벽을 이룬다.

메리와 엘리자베스를 후계자 서열에서 제외시켰다.

메리 1세는 평생 동안 이 일을 후회했다고 한다. 하지만 단 한 번의 융통성 덕분에 메리 1세는 목숨을 부지했고, 결과적으로 여왕의 자리에 앉을 수 있었다.

나는 메리 1세보다 더 고집불통이다. 게다가 고지식하고 원리원칙주의자다. 편법이나 변칙을 혐오하며, 편집증이라 할 정도로 공정과 평등을 사랑하고, 온 힘을 쏟아 약속을 지킨다.

그래서 바보처럼 언제나 약속시간에 가장 먼저 나와 홀로 기다리는 사람이 나다. 또한 비록 이해되지 않고 찬성하지 않

메리 1세 시대의 개신교도 화형 모습

엘리자베스 1세 때 처형당한 가톨릭교도보다 메리 1세 때 처형당한 개신교도가 약간 더 많은 것은 사실이다. 하지만 그 정도는 우열을 가릴 수 없을 수준이었으며, 이런 탄압은 두 종교가 혼재되어 혼란했던 시기에는 어쩔 수 없는 일이었다. 사실 처형 방법이나 처형 정도에서는 엘리자베스 1세도 뒤지지 않는다. 하지만 유독 메리 1세에게만 '블러디 메리'라는 별명이 붙은 것은 엘리자베스 1세의 통치 시기에 개신교를 권장하고 가톨릭을 탄압하기 위한 선전으로 메리의 잔혹성을 강조했기 때문이다.

메리 1세의 초상

헨리 8세는 메리 1세에게 영국 왕족 중 처음으로 웨일스의 여공작(Princess of Wales)
칭호를 내리고 독립된 궁정을 하사할 만큼 메리 1세를 귀여워했다. 헨리 8세가 엘리
자베스 블런트(Elizabeth Blount)와의 사이에서 낳은 사생아인 헨리 피츠로이를 리치
몬드와 서머싯의 공작(Duke of Richmond and Somerset)에 임명하여 메리 1세와 결
혼시킨 후 왕위를 물려주려 했다는 설까지 있을 정도였다.

하지만 헨리 8세가 앤 불린과 결혼하면서 메리 1세는 서녀 신분이 되었고, 앤 불린은
원래 왕위계승자 신분이었던 메리 1세를 견제하기 위해 친부모와의 만남조차 방해했
다. 메리 1세는 뛰어난 노래 실력과 언어적 재능으로 유럽에서 가장 인기 있는 공주
였지만 아버지 헨리 8세는 메리 1세의 세력이 커지는 것을 막기 위해 모든 청혼을 거
절했다. (그림 : 안토니스 모르, 1554년, 마드리드 프라도 미술관)

더라도 민주주의적 방식으로 타인이 만들어놓은 규칙에 반항하지 않는다. 악법도 법이라는 소크라테스의 말을 곧이곧대로 지키는 사람이 바로 나다.

내게는 네 편이나 내 편 따위는 없다. 그래서 나의 정치적 성향은 언제나 내 신념과 일치하는 쪽을 찾아 헤맨다. 솔직히 말하면 아직 헤매고 있다. 나와 아무리 가까운 사람이라도 옳지 못한 일을 하면 그것이 아무리 사소한 일이라도, 예를 들어 길거리에 쓰레기를 버린다거나 무단횡단을 하더라도 내게 쓴소리를 들어야만 한다.

어릴 때부터 그랬다. 초등학교 1학년 때는 수업시간에 너무 화장실에 가고 싶은데 참다가 오줌을 싼 적도 있다. 손을 들고 화장실에 가겠다고 하는 건 수업을 방해하는 나쁜 짓이고, 담임 선생님과 학생들에게 피해를 주는 행동이라는 생각에 그랬다. 참 부끄러운 과거다.

그러다 보니 인생이 괴로웠다.

대충 원고지 매수만 채우면 되는 연수결과보고서를 쓰는데도 며칠씩 걸린다. 더 화나는 건 아무도 그걸 읽지 않는다는 사실이다. 고속도로에서 80km 제한속도를 지키며 달리면 다른 차들이 경적을 울리며 속도를 내라고 종용하다 이내 추월해버린다. 주황색 신호등에 브레이크를 밟았다가 뒤차에 들이

메리 1세의 무덤

메리 1세는 죽으면 피터버러에 있는 어머니의 무덤 옆에 묻히고 싶다고 했지만, 결국 웨스트민스터 사원에 안장되었다. 후에 그 옆자리에 엘리자베스 1세가 매장되었다.

메리 1세는 어머니를 쫓아낸 앤 불린의 딸인 이복여동생 엘리자베스를 평생 동안 미워했다. 엘리자베스의 세례성사에서 서녀로서 보좌하고 엘리자베스의 하녀로 일해야만 했던 과거 때문이다. 또한 메리 1세 시대에 일어난 반란이 모두 엘리자베스를 왕위에 내세우려 했기 때문이기도 하다. 엘리자베스에 대한 증오 때문에 메리 1세는 죽기 전날에야 엘리자베스를 후계자로 지명했다.

이복자매의 애증 관계를 염려했는지 제임스 1세는 묘지 옆에 이런 비문을 세웠다.

"왕권과 무덤을 함께 공유한 엘리자베스와 메리 두 자매가 여기 부활의 희망 속에 잠들었노라."

웨스트민스터 측에서 부착한 다음 안내문도 찾아볼 수 있다.

"메리와 엘리자베스의 묘 앞에서 종교개혁 당시 서로 다른 신념으로 갈라져서 그리스도와 양심을 위해 목숨을 버린 이들을 기억합시다."

혼란한 시기에 서로를 사랑하면서도 증오할 수밖에 없었던 자매는 이제 화해하지 않았을까.

받히기도 했다.

그렇다. 내 삶은 고달팠다.

약속시간까지 상대방을 기다리는 동안 시계만 바라보며 어색한 시간을 보내기 일쑤였고, 남들은 대충 끝내는 업무를 하느라 야근은 당연했으며, 뒤에서 내 차를 들이받은 차의 운전자는 갑자기 내가 멈춰 섰다며 오히려 큰 소리를 냈다. 게다가 어떤 사람들은 편협하고 고지식하다고 뒤에서 나를 욕하기까지 했다.

인생은 법칙대로 계산하면 정답이 나오는 수학이 아니라는 것을, 예외적인 변수와 조건이 무궁무진하고 정답은 여러 개일 수 있다는 것을 난 너무 늦게 깨달았다. 규정 속도를 지키는 나 때문에 오히려 사고가 발생할 수도 있는 일이고, 약속시간을 지킨 친구가 너무 일찍 나온 내게 괜스레 미안함을 느껴야 할 때도 있다. 어떤 경우에는 다른 이들이 하는 대로 세상의 흐름을 따르는 것이 규칙보다 더 나은 법이며, 그것을 변칙과 편법이 아니라 융통성이라 부른다는 것을 이제야 깨달았다.

그렇게 삶의 모든 것을 유연하게 바라보고, 사건과 사고에 대해 융통성을 가지겠다고 결심하고 나서는 많은 것이 달라졌다. 매번 약속시간에 늦는 친구를 원망하지 않고 이해하게 되었다. 덮어놓고 자기가 지지하는 정치인이 옳다고 주장하는 친구를 포용할 수 있게 되었다. 물론 아무도 보지 않는 쓸모 없는 보고서를 쓰려고 야근하는 일도 없어졌다.

나는 이제 타인뿐만 아니라 나 자신에게도 관용과 자비를 베풀 줄 아는 사람이 되었다. 나의 삶은 훨씬 여유롭고 풍족해졌다.

신념은 우리 삶의 방향을 제시하고, 삶의 방식을 결정지으며, 때론 삶의 이유가 되기도 한다. 한마디로 개인의 신념은 그 사람의 삶이라 해도 무방할 만큼 중요하다. 하지만 어떤 경우에도 예외는 있는 법이다. 예외가 없는 신념이란 위험한 독선일 뿐이다.

융통성을 가져라!

그것이 블러디 메리, 피의 여왕 메리 1세가 나에게 알려준 악녀의 십계명이다.

모든 것을
다 가질 수는
없다

엘리자베스 1세(Elizabeth I)

본명 엘리자베스 튜더(Elizabeth Tudor)
재위 1558년 11월 7일~1603년 3월 24일(대관식 1559년 1월 15일)
출생 1533년 9월 7일, 영국 그리니치 플라센티아 궁전
사망 1603년 3월 24일, 영국 서레이 리치몬드 궁전(향년 69세)

"나는 나보다 백성을 사랑한 왕은 없었다고 분명히 말할 수 있습니다. 나의 재임 기간 동안 일어났던 영광스러운 일은 모두 백성들의 사랑 덕분입니다. 왕관을 쓰고 왕이 된다는 것은 보기보다 훨씬 고통스러운 일이었습니다. 하지만 나는 왕의 권위와 영광스러운 이름을 이용해 나쁜 짓을 하고자 하는 유혹에 빠진 적이 없었습니다. 하느님께서 믿음과 영광을 이루고 이 나라를 지키기 위한 도구로 나를 만드셨기 때문이지요. 나만큼 백성을 사랑하는 왕은 이제까지 없었고 앞으로도 없을 것입니다."

– 엘리자베스 1세가 임종을 앞두고 의회에서 한 마지막 연설 중의 일부. 이 연설은 워낙 유명해 '황금의 연설'이라고까지 불린다.

Elizabeth 1

남자다.

여성과 남성의 생식기를 모두 가지고 있다.

질과 자궁이 막힌 기형이라 성교가 불가능하다.

성적으로 흥분하면 강력한 질협착증이 찾아와 남성의 성기
를 망가뜨린다.

안드로겐 무감응증후군으로 질이 짧아 성교가 불가능하다.

프랜시스 베이컨이 숨겨진 사생아고, 윌리엄 셰익스피어라
는 필명으로 글을 썼다.

이 황당한 소문의 주인공은 〈타임〉지가 선정한 '지난 밀레

니엄 중 가장 위대한 지도자'로 뽑힌 엘리자베스 1세다. 엘리자베스 1세는 작은 섬에 불과한 잉글랜드가 '태양이 지지 않는 나라'로 우뚝 설 수 있는 기초를 만들었다.

엘리자베스 1세는 윌리엄 셰익스피어,[1] 크리스토퍼 말로,[2] 벤저민 존슨[3]의 문학과 프랜시스 베이컨[4]의 경험론, 버지니아 개척,[5] 동인도회사 창설[6] 등으로 '엘리자베스 시대Elizabethan Era'라는 단어를 만들어냈다.

엘리자베스 1세는 정치적으로 뛰어난 지략가였지만 가톨릭 교도에 대한 탄압 때문에 악녀라는 평가도 동시에 빚는다. 엘리자베스 1세 시대에는 종교개혁이 본격적으로 시작되어 가톨릭교도에 대한 잔혹한 처벌과 처형이 이루어졌으며, 영국 경제 사정의 악화로 인한 반란도 자주 일어났다. 그럼에도 불구하고 메리 1세와 달리 엘리자베스 1세가 훌륭한 지도자로 기억되는 건 그녀의 뛰어난 홍보능력과 끈질긴 집념 때문이다. 일단 '착한 여왕 베스Good Queen Bess', '처녀 여왕Virgin Queen', 요정의 여왕The Faerie Queene' 등의 별명은 모두 스스로 만들거나 작가들에게 시켜 만들게 했다.

시인과 화가들에게는 순결한 달의 여신 디아나, 정의의 여신 아스트라이아, 요정 나라의 여왕 글로리아나 등으로 자신을 묘사하게 했다. 또한 자신의 초상화를 직접 검열하고 통제

즉위 전의 엘리자베스 1세

1546년경, 익명의 예술가가 그린 이 초상화의 꾸밈없는 모습은 이후 등장하는 화려한 초상화와 완벽히 대비된다. 즉위 후 엘리자베스는 외모에 굉장히 집착했고, 그래서인지 엘리자베스의 초상화는 늙은 모습이 없다.

엘리자베스는 달걀 흰자, 달걀 껍데기 가루, 명반, 붕사, 양귀비 씨, 수은 등을 섞어 만든 로션을 발라 피부색은 하얗게 하고, 입술은 루비 가루로 붉게 만들었다. 머리카락은 나뭇재와 물을 섞은 잿물로 감고, 장미수 향수를 썼다. 특히 3천 벌이 넘는 의상과 80여 개의 가발 중에서 골라 착용하는 데만 기본 2시간은 걸렸다고 한다.

엘리자베스 1세의 대관식

엘리자베스는 처녀라는 것을 강조하기 위해 머리를 풀고 대관식에 참석했다. 엘리자
베스는 처녀라는 사실을 매우 자랑스러워했으며 정치적으로 충분히 이용했다.

몸매 관리를 위해 당시의 유행과는 달리 아주 조금만 먹었으며, 승마와 사냥을 하거
나 격렬한 갤리어드나 코란토 춤을 추면서 철저히 마른 몸매를 유지했다.

나는 악녀가 되기로 결심했다

128

했다.

허영심이 강해 '궁정에서 가장 아름다운 여인'이라는 말을 듣기 위해 국정보다 외모 관리에 힘쓴 여왕이기도 했다. 여왕은 가냘픈 몸이 감당하기 힘들 만큼 많은 보석으로 치장하기를 즐겼는데, 모든 보석에는 그녀의 좌우명인 '셈페르 에어뎀 semper eadem(항상 같다)'을 새겨 넣었다. 보석 중에서도 특히 순결과 처녀성을 상징하는 진주를 애용했다.

엘리자베스는 다른 여성이 자신보다 돋보이는 것을 극도로 싫어해서 시녀들에게는 검은색과 흰색 옷만 입게 했다. 마리 하워드 부인이 예쁜 옷을 입고 와 파티에서 주목을 받자 엘리자베스가 그 옷을 훔쳐 입고 다음 날 파티에 나왔다는 일화는 유명하다. 하워드 부인의 옷은 170cm로 키가 큰 엘리자베스에게는 너무 짧았다.

엘리자베스는 놀라는 마리 하워드 부인에게 말했다.

"내가 입기에는 너무 짧고 당신이 입기에는 너무 아름다워. 나한테 어울리지 않으면 당신에게도 어울리지 않는 거야."

엘리자베스는 그 정도로 질투심과 허영심이 강했다. 그리 부유하지 않았던 당시 영국에서 이런 사치를 부리려면 여러 가지 수단과 방법을 강구해야 했다.

일단 신흥 사업을 비롯한 여러 사업에 독점권을 설정해서 귀

프랜시스 드레이크
엘리자베스는 해적들에게 투자해 돈을 벌자 그 영역을 더 넓히고 싶어 했다. 프랜시스 드레이크, 월터 롤리, 험프리 길버트 등의 항해에 투자한 것도 그런 이유에서였다. 그들은 성공적인 탐험으로 영국의 식민지를 넓히고 무역을 확대하는 계기를 마련했다. 그리고 1599년, 엘리자베스는 마침내 '해가 지지 않는 나라'를 만들기 위한 발판인 동인도회사를 설립했다.

족이나 상인에게 팔았다. 또한 해적들에게 몰래 투자해 돈을 벌었는데, 존 호킨스, 프랜시스 드레이크 등은 스페인 선박을 습격해서 많은 재물을 벌어다준 공으로 기사 작위까지 받았다. 엘리자베스는 프랜시스 드레이크를 '나의 해적'이라 부르며 총애했다. 엘리자베스는 그렇게 온갖 사치를 하면서도 자신의 재임 기간에 궁중에서 일한 직원들의 월급은 동결했다.

엘리자베스는 권력과 권위에 대한 집착도 엄청났다. 자신의 후계에 대한 말만 꺼내도 화를 냈고, 혹시나 반란이 일어날까 봐 죽을 때까지 후계자를 정하지 않았다. 엘리자베스를 암살하려는 배빙턴 음모사건을 적발하고 스코틀랜드 메리 여왕의 사형을 망설였던 것도 자신이 그런 일을 당할 수 있다는 염려도 있었지만 왕권이 훼손된다는 생각 때문이었다. 결국 메리 여왕을 처형하고 나서는 자신은 처형할 의사가 없었다면서 사형집행 영장을 전달한 사람을 감옥에 가두기까지 했다.

엘리자베스는 신하들과 회의 중에 의견충돌이 생기면 옥좌를 박차고 나가기 일쑤였고, 신하들의 뺨을 때리거나 슬리퍼를 집어던지는 일도 잦았다. 반란의 주동자나 암살 시도자들은 모두 잔인하게 죽임을 당했다.

존 스터브스는 가톨릭교도인 알랑송 공작과 여왕의 결혼설을 비난하는 책을 출간했다가 출판인과 함께 체포되어 오른손을 잘렸다. 엘리자베스의 마지막 애인이었던 서른세 살 연하의 에식스 백작 로버트 데브루는 아일랜드 반란 진압의 실패에 대한 변명을 하려고 한밤중에 무단으로 침실에 들어갔다. 그는 이 일로 여왕의 분노를 사서 총애를 잃고 반란을 꾀하다가 처형당했다.

엘리자베스는 라틴어 미사를 드렸다는 이유만으로 교수형을 허가하고, 가톨릭 사제를 숨겨주었다는 이유로 요크의 가톨릭교도 여성의 허리뼈를 부러뜨려 죽였다. 처형의 잔인성 면에서는 메리 시대의 화형보다 별반 나을 게 없었다.

하지만 누구에게나 단점은 있다. 엘리자베스는 그 모든 단점을 덮을 만큼 훌륭한 정치가였으며, 노력을 게을리하지 않는 통치자이기도 했다. 어려서부터 공부를 좋아해 하루에 3시간씩 책을 읽었으며, 고대 로마와 그리스의 역사가인 키케로,[7] 타키투스,[8] 플루타르코스[9]의 고전을 번역하는 것이 취미였다.

특히 짜증이나 분노를 참을 수 없을 때면 번역에 매달렸는데, 한번은 잠도 자지 않고 26시간이나 《철학의 위안》이란 책을 번역하기도 했다. 시녀들의 주요 임무에는 여왕을 위해 난해한 역사서나 철학서를 낭독하는 것도 포함되어 있었다.

특히 그녀는 어학적 재능이 풍부해서 모국어인 영어 외에도 라틴어, 스페인어, 프랑스어, 그리스어, 웨일스어, 이탈리아어까지 모두 7개 언어를 구사했다. 심지어 모두 열 살 전후에 원어민 수준이 되었다고 한다. 라틴어를 말하다가 실수하느니 스페인, 프랑스, 스코틀랜드 사람을 한꺼번에 상대하는 편이 낫다고 말할 정도로 언어에 자신감을 보였다. 엘리자베스가 '엘리자베스 튜더'라는 가명으로 마르그리트 드 나바르[10]가 지은 시집 《사랑 낚시꾼의 거울Miroir de l'Ame Pércheresse》을 번역해서 출판했을 때 그녀의 나이 열두 살이었다.

엘리자베스는 명언도 많이 남겼다.

"나는 내가 연약하고 가냘픈 여인의 몸을 가지고 있다는
사실을 잘 알고 있습니다. 하지만 동시에 나는 왕의 심장을

가지고 있습니다. 잉글랜드 국왕의 심장 말입니다."

1588년, 스페인 무적함대 아르마다와의 결전을 앞두고 해군 장병을 격려하기 위해 했던 연설은 엘리자베스 2세가 세계 대전 당시에 인용하기도 했다.

"의심이야 많이 하겠지. 하지만 아무것도 증명할 수 없을걸.
- 죄수 엘리자베스가 씀."

메리 여왕 시절, 와이어트의 반란으로 런던탑에 갇혀 있다가 풀려나 우드스톡의 왕실 사유지에 연금되었을 때, 다락방 창문 유리에 다이아몬드 반지로 새긴 이 낙서는 그녀의 재치를 잘 보여준다.

"나는 이미 남편에게 봉사하고 있으니
그분은 잉글랜드 왕국입니다."

잉글랜드 의회가 그녀의 결혼을 요구하는 결의문을 통과시켰을 때도, 결혼을 하거나 후계자를 지정하지 않으면 그녀가 제출한 예산안을 통과시키지 않겠다고 협박했을 때도 엘리자베스는 의연했다.

"나는 당신의 머리만큼 당신의 키를 줄여줄 수도 있습니다."

엘리자베스는 자신의 정책에 반대하는 신하들을 약 올리는 것을 즐겼으며, 한 번도 토론에서 진 적이 없었다.

"나는 인간의 영혼을 들여다보기 위해
창문을 열지는 않겠습니다."

가톨릭교도들을 처벌하라는 신하들의 요구에 했던 대답은 시적이기까지 하다.

"한 시대를 통치했던 여왕이 평생 처녀로 살다 생을 마감했다는
비석을 세울 수만 있다면 그것으로 만족한다."

엘리자베스는 '처녀 여왕'이라는 점을 정치적으로 최대한 이용하기 위해 자신의 업적과 외모 등 모든 것을 전설로 만들었다.

엘리자베스 1세
나이가 든 뒤에도 외모에 대한 여왕의 집착은 줄어들지 않았다. 단것을 워낙 좋아해서 치아가 없어 합죽이가 된 모습을 보이지 않으려고 두꺼운 천을 입술 밑에 끼우고 다녔다. 또한 예순이 훨씬 넘어서도 가슴이 다 들여다보일 만큼 야한 드레스를 입어 프랑스 외교관 드 메스는 여왕을 대면할 때마다 눈을 어디에 둘지 몰라 식은땀을 흘렸다고 한다.

윌리엄 셰익스피어
엘리자베스는 청교도 신하들이 런던의 극장을 폐쇄하자 당장 극장을 다시 열게 했고, '여왕의 사람들'이라는 극단을 만들기도 했다. 또 셰익스피어의 〈헨리 4세〉에 등장하는 팔스타프를 마음에 들어 해서 그를 주연으로 한 희곡을 빨리 쓰라고 닦달하기도 했다. 그래서 셰익스피어는 〈헨리 4세〉 2부를 쓰다 말고 〈윈저의 즐거운 아낙네들〉에 매달려야 했다.

　시, 소설, 연극, 회화 등 모든 문화와 예술이 그녀의 전설을 위해 동원되었다. 물론 문화와 예술에 관심이 많기도 했다. 엘리자베스는 셰익스피어 원작 〈한여름 밤의 꿈〉의 첫 공연에 참석할 만큼 연극을 즐겨 봤다. 또한 윌리엄 버드[11]와 토머스 탤리스[12] 같은 작곡가는 엘리자베스의 궁전과 세인트제임스 궁전의 채플 로열에서 근무할 수 있도록 해서 창작 활동을 도왔다.

　엘리자베스 1세는 영화나 드라마에서 가장 자주 나오는 여왕 중 하나다. 아마도 그녀의 인생이 그만큼 호기심과 흥미를 불러일으키기 때문일 것이다. 하지만 우리가 재미있게 보는 그 드라마를 엘리자베스는 직접 살아내야만 했다. 한마디로 그녀는 막장 드라마의 주인공이었다.

'바빌론의 창녀'라 불리던 어머니 앤 불린은 엘리자베스가 세 살이 되기도 전에 간통죄로 타워그린에서 참수되었다. 엘리자베스는 사생아가 되어 공주 칭호가 박탈되었고, 왕위 계승에서도 제외되었다. 또한 이복언니 메리는 그녀를 괴롭히지 못해 안달이었다.

열세 살 때 아버지 헨리 8세가 죽고 이복동생 에드워드 6세가 왕위를 계승하면서 엘리자베스의 인생도 안정되는 것처럼 보였다. 마지막 새어머니 캐서린 파와 함께 살게 되었기 때문이다.

하지만 새어머니가 재혼한 토머스 시모어는 외로운 엘리자베스를 유혹하려고 온갖 수를 썼다. 마흔 살의 토머스는 임신한 아내 몰래 한밤중에 잠옷 차림으로 열세 살 엘리자베스의 침실에 들어가기도 하고, 장난처럼 소녀를 무릎에 엎어놓고 엉덩이를 때리기도 했다. 엘리자베스를 억지로 껴안고 성행위를 하는 듯한 동작을 했다는 이야기를 들은 새어머니는 결국 엘리자베스를 다른 곳으로 보냈다.

하지만 캐서린은 딸을 출산하자마자 산후병으로 사망하고 만다. 토머스 시모어는 엘리자베스와 결혼할 수 있다는 착각에 빠져 오히려 기뻐한다. 그는 엘리자베스와 결혼한 뒤 에드워드 6세를 제거하고 그녀를 국왕으로 만든다는 원대한 계획

캐서린 파

캐서린 파는 메리 1세와 엘리자베스 1세의 마지막 새어머니다. 헨리 8세의 죽음으로 그녀는 헨리 8세에게 내쳐지지 않은 유일한 여인이 되었다. 또한 왕실의 화해를 도모해 메리와 엘리자베스, 에드워드가 함께하는 자리도 자주 마련했다고 전해진다. 헨리 8세가 죽은 뒤 토머스 시모어와 재혼했다.

토머스 시모어

토머스 시모어(Thomas Seymour, 1508년~1549년)는 캐서린 파의 남편이기도 했지만 엘리자베스의 배다른 동생인 에드워드 6세의 외삼촌이기도 했다. 일설에는 소녀 시절 토머스 시모어에게 당한 성추행 때문에 엘리자베스가 결혼을 기피하게 되었다고 한다.

을 세웠다가 반역이 발각되어 체포된다.

오늘 상당히 재치는 많았지만

판단력은 많지 않았던 사람이 죽었다.

토머스 시모어가 반역죄로 참수되던 날 쓴 일기에는 엘리자베스의 냉정함이 잘 드러나 있다.

엘리자베스의 첫사랑은 로버트 더들리였다. 소꿉친구였던 그들은 메리 1세가 즉위한 뒤 런던탑에 함께 수감되어 친밀한 사이가 된다. 로버트는 이웃 영주의 딸 에이미와 이미 결혼한 몸이었지만 둘의 사랑은 불타올랐다. 오죽하면 형부였던 펠리페 2세가 이렇게 예언했을까.

"엘리자베스는 로버트와 결혼하지 않으면 처녀로 늙어 죽을 것이다."

엘리자베스는 로버트를 자신의 말을 관리하는 장관으로 임명하고 어디든 데리고 다녔다. 엘리자베스의 침실 바로 옆방이 로버트의 방이라는 소문까지 돌았다. 로버트의 부인 에이미는 언제든 살해당할 수 있다는 걱정 때문에 음식을 개에게 먼저 먹게 하고 나서야 먹을 정도였다고 한다. 그러던 중 유방암에 걸린 에이미가 계단 아래서 목이 부러진 채 발견된다.

하필이면 그날 에이미가 하녀와 하인들을 모두 시장에 보내서 목격자는 아무도 없었다. 그래서 그녀의 죽음이 엘리자베스의 청부살인이라는 음모설과 에이미가 처지를 비관해 자살했다는 설이 함께 돌았다. 이상한 것은 에이미의 죽음에 대해 아무것도 모른다고 했던 하인과 집사들이 모두 독립해서 경제적 형편이 나아졌다는 점이다.

당연히 로버트 더들리와 결혼할 것으로 예상되었던 엘리자

로버트 더들리

로버트 더들리(Robert Dudley, 1532
년~1588년)는 더 이상 엘리자베스의
청혼을 기다리지 않고 1578년에 엘리
자베스의 친척 레티스 놀리스(Lettice
Knollys)와 결혼했다. 엘리자베스는 이
후 다시는 레티스에게 한마디도 하지
않았고, 로버트 더들리에 대한 총애도
거두었다. 로버트 더들리는 양자인 로
버트 데브루를 이용해 엘리자베스의 총
애를 되찾고자 했다.

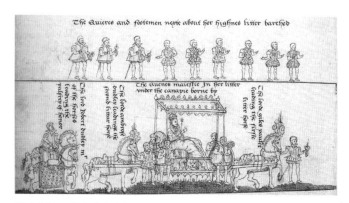

엘리자베스 1세의 대관식 행렬

가장 왼쪽의 말을 타고 있는 사람이 엘리자베스 1세의 첫사랑 로버트 더들리다. 엘리
자베스가 결혼하지 않은 가장 중요한 이유는 권력을 남편과 나누어 갖고 싶지 않았
기 때문일 것이다. 로버트 더들리는 권력욕이 남달랐고 궁중에서의 평판도 좋지 못
했다. 엘리자베스가 프랑스 대사에게 "그는 내 작은 개와 같다"고 말한 것은 둘의 관
계를 극단적으로 보여준다. 엘리자베스가 로버트 더들리와 스코틀랜드 여왕 메리의
결혼을 제안한 이유에 대해서는 의견이 분분하지만, 로버트 더들리의 아이에게 왕위
를 물려주기 위해서였다는 설도 있다.

베스는 그와 결혼하지 않았고, 오히려 그와 스코틀랜드 여왕 메리의 결혼을 제안하기까지 한다. 그래도 12년 동안이나 엘리자베스의 청혼을 기다렸던 더들리는 결국 엘리자베스의 친척 레티스 놀리스와 재혼했다. 그 결혼 후 엘리자베스는 평생 그를 증오했다.

엘리자베스는 정말 결혼하고 싶지 않았던 걸까?

여러 일화를 살펴보면 결혼하고 싶은 마음은 있었던 것 같다. 일단 그녀는 신하의 결혼이나 시녀의 연애를 굉장히 싫어했다. 엘리자베스의 총애를 받아 기사 작위를 받았던 월터 롤

로버트 데브루

로버트 데브루(Robert Devereux)는 로버트 더들리의 양자로 스무 살의 싱그러움으로 쉰세 살 엘리자베스를 사로잡았다. 엘리자베스의 통치 말년에는 흉년, 물가 폭등, 실업 등으로 반란이 많이 일어났다. 엘리자베스는 로버트 데브루에게 군사를 주고 아일랜드의 반란을 진압하라고 명령했다. 하지만 데브루는 엘리자베스의 명령을 어기고 런던으로 돌아왔다. 그는 반란 진압 실패에 대한 변명을 하기 위해 엘리자베스와 만나려고 했지만, 엘리자베스는 자신의 명령을 어긴 것에 화가 나 그를 만나주지도 않았다. 총애를 잃고 권력도 잃은 데브루는 반역을 꾀하다 붙잡혀 끝내 처형되었다.

리는 궁녀 엘리자베스 슬록모튼과 비밀결혼을 한 뒤 억지 트 집을 잡혀 감옥에 갇혔다.

5촌 조카 캐서린 그레이는 허트포드 백작 에드워드 시모어 와 비밀결혼을 하고 아들까지 둘 낳았는데, 혼인무효 선언을 당하고 런던탑에 갇혔다. 결국 혹독한 감옥 생활로 인해 캐서 린은 죽고 그녀의 남편은 파산했다.

그녀가 주위 사람들의 결혼을 극도로 증오했던 것은 어쩌 면 질투심 때문이 아니었을까? 그렇다면 왜 엘리자베스는 결 혼하지 않았을까?

일단 엘리자베스는 권력에 대한 집착이 강했다. 그래서 결 혼으로 인해 자신의 권력이 분산되는 위험을 막고 싶었던 것 이다. 게다가 자기보다 신분이 낮은 사람과 결혼하는 것을 꺼 렸고, 비슷한 신분의 외국 왕족은 가톨릭 신자였기 때문에 불 가능한 경우가 많았다. 로버트 더들리는 여왕보다 신분이 낮 은 데다가 전부인 에이미의 석연찮은 죽음 때문에 떠도는 소 문도 신경 쓰였으니 결혼하지 못할 이유가 더욱 많았다.

이복언니 메리의 남편이었던 스페인의 펠리페 2세, 오스트 리아의 카를 대공, 스웨덴의 에릭 14세, 알랑송 공작 프랑수 아, 스웨덴의 황태자 에릭, 프랑스 왕 샤를 9세, 러시아의 이 반 4세……. 엘리자베스가 받은 청혼은 셀 수도 없이 많았다.

여왕의 결혼은 정치, 외교와 직결된다. 엘리자베스는 청혼을 받아들이는 척하면서 다른 나라를 견제하기도 하고 다른 나라와 동맹을 맺기도 했다. 이 작전은 꽤 성공적이어서 오십이 넘어서까지 써먹을 수 있었다.

　한마디로 엘리자베스는 결혼할 수 없는 이유가 너무 많았다. 권력에 대한 집착을 버릴 수 없었고, 자신보다 신분이 낮은 사람과 결혼하기에는 자존심이 상했고, 가톨릭 신자는 종교 분쟁을 악화시킬 수 있었으며, 결혼이라는 외교적 협상 카드를 포기하기에는 정치적 야망이 원대했다. 또한 전설이 된 처녀 여왕에 대한 환상을 깨뜨리고 싶지도 않았을 것이다. 모든 남자가 자신만을 사랑해야 한다고 생각한 욕심 많은 여왕이었지만, 결혼만은 마음대로 되지 않았던 것이다.

　나는 욕심이 많은 편이다. 법정 스님의 《무소유》를 감명 깊게 읽긴 했지만, 느낀 점은 단 한 가지다. 난 안 되겠다. 그냥 소유에 집착하면서 살아야겠구나.

　욕심 많은 나 때문에 부모님은 뒷바라지하는 것을 힘들어하셨다. 피아노, 첼로, 미술, 웅변, 수영……. 남들이 배운다고 하면 나도 꼭 해야만 직성이 풀렸다. 물론 인내심과 끈기가 부족해서 제대로 해보기도 전에 그만두기 일쑤였다. 변덕은 어찌

나 심한지 그만두고 나서 몇 달 뒤 다시 시작했다가 한 달도 안 되어 그만둔 일도 있었다.

그나마 내가 유일하게 변덕을 부리지 않고 욕심냈던 것이 책이었다. 빌려 읽어도 될 것을 기어이 사달라고 징징대서 당시에 나온 어린이용 전집은 거의 다 샀던 것 같다. 지금 생각해 보면 그리 넉넉지 않은 외벌이 살림에 엄마의 마음고생이 심했을 것이다. 다른 것도 아니고 자식이 배우고 싶다며 책을 갖고 싶다고 하는데, 군인 아버지의 월급은 뻔했으니 욕심 많은 딸 덕분에 아마 가계부는 내내 마이너스였을 것이다.

게다가 다 읽은 책은 남에게 주어도 될 것을 소유욕이 엄청나서 열 번 넘게 이사를 할 때마다 그 많은 책을 다 가지고 가겠다고 우겼다. 나는 이래저래 참 골치 아픈 딸이었다.

유난한 욕심과 소유욕, 고집을 다 받아주신 부모님 덕분에 난 어른이 되어서도 그대로였다. 문제는 그래서 생겼다. 욕심은 많은데 능력이 뒷받침해주지 못한 것이다.

위인전에서나 언론 매체에서 보는 유명 여성들은 모두 다 잘해내는 만능이었다. 직업적으로 성공한 것은 당연하고, 행복한 결혼생활을 하면서 자식들을 훌륭히 키워내 단란하고 화목한 가정을 이루었다. 나도 그렇게 될 줄 알았다. 정말 할 수 있을 것으로 믿었다. 그런데 현실은 직장에 나가는 것만으로도 버겁다. 자아실현이나 성공 따위는 진즉에 포기했다. 그저 아침에 늦지 않고 직장에 도착하는 게 목표다.

그럴 수도 있지.

그렇게 생각하면 마음이라도 편할 것을 욕심 많은 나는 그렇게 보잘것없는 나 자신을 견딜 수가 없었다. 초라한 내가 비참하고, 무능력한 내가 실망스러웠으며, 게으른 내가 불만이었다. 그래서 우울하고, 짜증나고, 분노했다. 냉정하게 객관적으로 평가했을 때 대한민국의 평균적인 삶을 살고 있는데도 말이다.

엘리자베스 1세의 삶을 정리하며 깨달았다. 어쩌면 다 가진 것처럼 보이는 사람들도 실은 뭔가 부족하고 허전해하고 있을지도 모른다. 문득 젊고 예쁘고 부유했던 유명인의 자살이 떠올랐다. 모든 것을 다 가진 듯 보이는 그녀도 모든 것을 다 가지지는 못했던 것이다. 많은 것을 가진 사람일수록 없는 한 가지에 더 불행한 법이다.

결국 나의 불행은 항상 나보다 더 많이 가진 사람을 질투하고, 나보다 더 능력 있는 사람을 부러워하는 삶의 태도에서 생겨났다. 시샘이라는 감정을 조절하는 것도, 누군가와 비교를 하지 않는 것도 인간이기에 불가능하다. 타인의 천재성이나 재산, 미모 등을 질투하는 것이 꼭 나쁜 것만은 아니다. 타인과의 비교를 통해 자신의 단점과 약점을 극복하고 장점과 강점을 극대화해 우리 삶을 한 단계 끌어올릴 수도 있다. 문제는 그게 평범한 사람에게는 힘들다는 것이다. 현대사회에서는 천재성이나 미모, 심지어는 재산까지도 태어나는 순간 이미 정해져버려 노력으로 극복하는 데 한계가 있다. 그러니 질투의 감정은 열등감과 뒤섞여 우리를 절망하게 한다. 하지만 누구에게나 타인이 절대 알 수 없는 삶의 뒷모습이 존재하는 법이다. 천재이지만 사회성이 없을 수도, 예쁘지만 머리가 나쁠 수도, 재산이 많지만 가족이 반목할 수도 있다. 그리고 어쩌면 지금 이 순간, 또 다른 누군가는 오히려 당신을 부러워하고 있을 수도 있다. 그러니 무가치한 비교로 타인의 것을 시샘할 필요는 없다. 한 번에 삶의 태도나 방식을 바꿀 수는 없지만 일단 문제를 알았으니 해결하려고 시도는 해봐야겠다. 아니, 노력해봐야겠다. 그 누구도 모든 것을 다 가지지는 않았다는 것을 마음에 새기고 말이다.

어떤 사람도 모든 것을 다 가질 수는 없다!

그것이 엘리자베스 1세가 나에게 알려준 악녀의 십계명이다.

1 윌리엄 셰익스피어(William Shakespeare, 1564년~1616년)는 영국이 낳은 세계 최고의 극작가로서 희비극을 포함한 38편의 희곡과 여러 권의 시집 및 소네트가 있다. 《로미오와 줄리엣》, 《베니스의 상인》, 《햄릿》 등의 작품이 있다.

2 크리스토퍼 말로(Christopher Marlowe, 1564년~1593년)는 영국 엘리자베스 시대의 극작가이자 시인, 번역가다. 셰익스피어에게 많은 영향을 준 것으로 알려졌으며, 《몰타의 유대인》, 《파리 대학살》, 《파우스투스 박사의 삶과 죽음의 비극적 역사》 등의 작품이 있다.

3 벤저민 존슨(Benjamin Jonson, 1572년~1637년)은 17세기 영국의 극작가, 시인, 비평가다. 1616년 계관시인이 되었다. 희곡 〈십인십색〉으로 유명해졌는데, 초연 때는 셰익스피어도 연기자로 출연하였다고 한다. 대표작으로는 《연금술사》, 《볼포니》 등이 있다.

4 프랜시스 베이컨(Francis Bacon, 1561년~1626년)은 영국의 철학자, 정치인이다. 영국 경험론의 창시자이며 데카르트와 함께 근대 철학을 정립했다. "아는 것이 힘이다"라는 명언을 남겼다.

5 미국 버지니아 주의 이름은 '처녀 여왕'이라는 엘리자베스 1세의 별명에서 따왔다.

6 동인도회사는 17세기 초 네덜란드, 프랑스, 영국 등이 동인도를 비롯한 아시아에 설립한 회사다. 각국의 동인도회사는 동인도의 특산품인 후추와 커피 등의 무역독점권을 둘러싸고 경쟁했다.

7 마르쿠스 툴리우스 키케로(Marcus Tullius Cicero, 기원전 106년~기원전 43년)는 로마 시대의 정치가, 웅변가, 문학가, 철학자다.

8 푸블리우스 코르넬리우스 타키투스(Publius Cornelius Tacitus, 56년~117년)는 고대 로마의 역사가다. 가이우스(Gaius)라는 이름도 기록에서 발견된다.

9 플루타르코스(Plutarchos, 46년~120년)는 고대 그리스 시대의 철학자, 정치가, 작가다. 중기 플라톤주의 철학자 중 한 명이었으며 《도덕론》, 《플루타르코스 영웅전》 등의 저서가 있다.

10 마르그리트 드 나바르(1492년~1549년)는 첫 남편이 죽은 뒤 나바르 왕국의 왕 앙리를 두 번째 남편으로 맞아 나바르 왕국의 왕비로 불렸다. 《헵타메론》을 포함해 많은 작품을 썼다.

11 윌리엄 버드(William Byrd, 1543년~1623년)는 영국의 작곡가다. 왕실예배당 소년 성가대에서 토머스 탤리스에게 사사했으며, 십여 년 후 왕실예배당의 오르간 연주자가 되었다. 영국 국교가 아닌 가톨릭교도였지만, 엘리자베스 1세의 비호로 죽을 때까지 왕실예배당 일원으로 남았다.

12 토머스 탤리스(Thomas Tallis, 1505년~1585년)는 영국의 작곡가다. 탤리스는 헨리 8세부터 엘리자베스 1세 시대에 이르기까지 영국 교회음악의 작곡에 주력했고, 교회음악 초기 역사의 작곡가들 중 최고로 꼽힌다. 탤리스는 생전에도 최고의 작곡가로 대접받았다.

08

증오를
감추어라

카트린 드 메디시스(Catherine de Médicis)

본명 카테리나 마리아 로물라 디 로렌초 데 메디치
(Caterina Maria Romula di Lorenzo de' Medici)
출생 1519년 4월 13일, 이탈리아 피렌체
사망 1589년 1월 5일, 프랑스 생소뵈르 블루아 성(향년 69세)

오늘만큼은 잔혹한 것이야말로 자비이고, 깊은 자비야말로 곧 잔혹이다.

– 성 바르톨로메오 축일의 대학살을 명령하면서 카트린 드 메디시스가 했다는 말. 이 말은 가톨릭교도들이 개신교도를 죽일 때 복창되기도 했다.

Catherine de Médicis

　사방에서 흘러나온 피가 센 강을 따라 흐르고, 지나가는 사람들은 끝없이 창밖으로 던져지는 시체에 깔리지 않기 위해 몸을 피했다.

　프랑스 소설가 메리메[1]가 《샤를 9세 연대기》에서 '성 바르톨로메오 축일의 대학살'을 묘사한 글이다. 위그노(신교도) 3만 명 이상이 죽었다는 성 바르톨로메오 축일 대학살의 주범은 카테리나 마리아 로물라 디 로렌초 데 메디치, 흔히 '검은 베일 속의 백합'이라 불리는 카트린 드 메디시스, 프랑스 앙리 2세의 왕비다.

프랑스 왕실 발루아 왕조의 가계도 (일부)

발루아 왕조(Le maison de Valois)는 카페 왕조의 한 계열로 1328년에서 1589년까지 프랑스를 다스렸다.

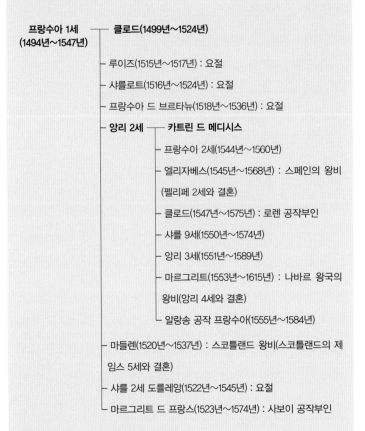

프랑수아 1세
(1494년~1547년)

—— **클로드(1499년~1524년)**

— 루이즈(1515년~1517년) : 요절

— 샤를로트(1516년~1524년) : 요절

— 프랑수아 드 브르타뉴(1518년~1536년) : 요절

— **앙리 2세** —— **카트린 드 메디시스**

— 프랑수아 2세(1544년~1560년)

— 엘리자베스(1545년~1568년) : 스페인의 왕비
(펠리페 2세와 결혼)

— 클로드(1547년~1575년) : 로렌 공작부인

— 샤를 9세(1550년~1574년)

— 앙리 3세(1551년~1589년)

— 마르그리트(1553년~1615년) : 나바르 왕국의
왕비(앙리 4세와 결혼)

— 알랑송 공작 프랑수아(1555년~1584년)

— 마들렌(1520년~1537년) : 스코틀랜드 왕비(스코틀랜드의 제
임스 5세와 결혼)

— 샤를 2세 도를레앙(1522년~1545년) : 요절

— 마르그리트 드 프랑스(1523년~1574년) : 사보이 공작부인

앙리 3세를 마지막으로 발루아 왕조 방계의 대가 완전히 끊기면서 부르봉 왕조의 앙리 4세가 프랑스의 왕권을 이어받았다.

더욱이 이날은 신구 종교의 화합 도모를 위해 그녀의 딸인 마르그리트 드 발루아와 나바르공 앙리가 결혼하는 날이었다. 성병리학자 크라프트-에빙은 성 바르톨로메오 축일의 대학살을 카트린의 성도착적 본능을 만족시키기 위한 음락 살인이라고까지 평했다.

카트린의 잔인한 본성에 대한 소문은 성 바르톨로메오 축일의 대학살이 벌어지기 오래전부터 이미 궁중에 퍼져 있었다. 카트린의 남편 앙리 2세는 왕위계승 서열 2위였다. 형 프랑수아 왕세자만 없으면 남편이 왕이 될 수 있었다.

프랑수아 왕세자는 파비아 전투 때 카를 5세에게 포로로 잡혀 옥살이를 하다가 프랑스로 돌아오자마자 갑자기 죽어버렸다. 지적 장애가 있었던 카트린의 큰아들 프랑수아 2세는 멍청한 행동으로 섭정 내내 그녀를 짜증나게 하더니 즉위 1년 만에 갑자기 고열로 죽어버렸다. 또 둘째 아들 샤를 9세는 나약하고 소심한 데다 심한 조울증 때문에 그녀의 섭정을 방해하더니 스물셋의 젊은 나이에 얼굴에 기묘한 반점이 생기고 피가 섞인 식은땀을 흘리다 죽고 말았다.

이 세 사람의 죽음이 모두 카트린의 독살이라는 설이 널리 퍼졌다. 그녀는 이탈리아 출신답게 독약에 대한 지식이 상당했고, 자신이 가장 좋아하는 막내 앙리 3세를 즉위시키려는

앙리 2세

카트린의 남편이었던 앙리 2세 (Henri Ⅱ, 1519년~1559년)는 프랑수아 1세의 차남으로 태어나자마자 오를레앙 공작위를 받는다. 앙리라는 이름은 대부이던 잉글랜드 왕 헨리 8세의 이름에서 따온 것이다. 형인 프랑수아가 급사하자 왕세자가 되어 훗날 앙리 2세로 즉위하였다. 마르그리트 드 프랑스와 사보이 공의 결혼식 때 근위대장과 마상시합을 하다 창이 투구를 관통하는 사고를 당해 9일간 앓다가 죽었다. 앙리 2세는 일어나서 말을 할 수 있을 만큼 호전되기도 했지만, 카트린은 앙리 2세를 정부인 디안에게 절대로 보여주지 않았다.

의도를 숨기지 않았다.

그런가 하면 카트린은 남편의 사랑을 받지 못한 데서 오는 욕구불만이 팽배해 마음에 들지 않는 일이 있으면 시녀나 시종의 허리나 사타구니를 채찍으로 내리치는 일도 잦았다고 한다.

하지만 이런 여러 가지 설에 대해서는 반론도 만만치 않다. 신교도와 구교도의 갈등이 정점을 찍던 시기에 일어난 대학살의 책임을 이탈리아 출신 왕비에게 뒤집어씌우려 했다는 것이다. 내 생각에도 카트린이 대학살을 의도적으로 명령했다는 것은 비논리적으로 보인다. 왜냐하면 그녀는 자신의 감정을 정치적 이익보다 앞세울 유형이 아니기 때문이다. 그녀는 충분

프랑수아 2세

카트린의 큰아들 프랑수아 2세(François II, 1544년 ~1560년)는 열네 살의 나이에 스코틀랜드 국왕 제임스 5세의 딸인 메리 스튜어트와 결혼하였고, 이듬해인 1559년 7월 10일 프랑스 왕이 되었다. 하지만 즉위한 지 일 년이 조금 넘은 1560년 12월 5일, 교회에서 예배를 드리던 중 고열로 갑자기 사망했다. 만성중이염이 심각해져 척수수막염으로 사망했으리라는 추측이 지배적이지만, 워낙 급작스러운 죽음이었기 때문에 카트린이 독살했을 것이라는 소문도 돌았다.

샤를 9세

베네치아 대사 조반니 미키엘(Giovanni Michiel)은 샤를 9세(Charles IX, 1550년~1574년)를 "강력하지는 않지만 아름다운 눈에 은혜로운 움직임을 가진 훌륭한 아이"라고 묘사했다. 샤를 9세는 아홉 살에 즉위해 14년간 프랑스를 다스렸다. 샤를 9세가 스물셋의 나이에 죽어가면서 한 말은 "오, 어머니!"였다. 일설에는 죽기 직전 샤를 9세의 얼굴에 반점이 생겼다는 이유로 카트린이 막내아들을 왕위에 올리기 위해 심약한 샤를을 독살했다고 한다. 샤를 9세는 신성로마제국 황제인 막시밀리안 2세의 딸 오스트리아의 엘리자베트와 결혼하였으나 자녀는 없었다.

앙리 3세

앙리 3세(Henri III, 1551년~1589년)는 카트린 드 메디시스의 막내아들로 발루아 왕조의 마지막 왕이다. 영국의 엘리자베스 여왕은 그를 '그녀의 개구리'라고 불렀지만, 그녀가 '기대했던 대로 변하지 않았다'며 청혼을 거절했다.

앙리 3세는 파티에 여장을 하고 참석하거나 향수나 장신구를 좋아하는 등 동성애적 취향을 보였으며 후사도 없었다. 그는 기즈 공작을 암살한 뒤 가톨릭교도들에게 쫓겨 나바르까지 도망쳤지만, 결국 가톨릭 수도사인 자크 클레망에게 암살당했다.

마르그리트 드 발루아

마르그리트 드 발루아(Marguerite de Valois, 발루아의 마르그리트, 1553년~1615년)
는 카트린 드 메디시스의 딸로 신구 종교의 화합을 위해 나바르의 앙리 4세와 결혼
했다. 하지만 결혼식이 끝나고 6일간의 축제 기간에 결혼을 축하하기 위해 몰려왔던
개신교도들은 가톨릭교도들에게 무참히 살해된다.

'성 바르톨로메오 축일의 대학살' 때 남편의 탈출을 도왔기 때문에 마르그리트는 왕
비의 지위를 유지하고 남편과도 사이가 별로 나쁘지 않았다. 하지만 카트린은 자기
마음대로 되지 않는 마르그리트에게 분노해 다시는 딸을 보지 않았다.

앙리 4세와 마르그리트 사이에는 아이가 생기지 않았고, 여러 정치적 사건을 겪으며
둘 사이에 갈등이 고조되어 마르그리트는 결국 반역과 방탕한 생활을 이유로 이혼당
했다. 하지만 왕비의 지위는 유지했으며, 엄청난 위자료로 화려한 생활을 하며 파리
에서 말년을 즐겁게 보냈다. 마르그리트는 앙리 4세의 새로운 부인, 자녀들과도 아주
친하게 지냈다고 한다. 그녀가 자손 없이 죽어서 프랑스 발루아 왕조의 명맥은 완전
히 끊겼다. 〈여왕 마고〉라는 제목으로 많은 문학작품과 영상매체에서 마르그리트를
다루고 있다.

히 이성적이었고, 단연코 계산적인 인간이었다.

왕은 아니었지만 16세기 프랑스를 섭정으로 이끌었던 왕 아닌 왕, 카트린의 인생은 정말 소설 같았다. 이탈리아 메디치 가문의 유일한 상속자로 태어났으나 매독을 앓던 부모가 생후 한 달도 되기 전에 모두 죽어 고아가 되어버렸다. 보호자가 사라지자 카트린은 그 많은 재산을 권력자들에게 빼앗기고 이리저리 떠도는 신세가 되었다. 그것으로도 모자라 정치적 소용돌이 속에서 인질로 붙잡혔다가 목숨을 부지하기 위해 수녀원으로 도망쳐야 했던 소녀 시절은 끔찍했다.

어릴 때부터 사이가 좋았던 사촌 이폴리토 데 메디치와 결혼하고 싶었지만, 보호자가 된 작은 할아버지 교황 클레멘스 7세는 자신의 정치적 입지를 위해 프랑스 2왕자 오를레앙 공작 앙리와 결혼할 것을 명령한다.

프랑스 국민은 '장사꾼의 딸' 주제에 왕족과 결혼하려고 한다며 분노로 열네 살 소녀를 맞았다. 남편 앙리 2세도 정부 디안 드 푸아티에 후작부인에게 빠져 있어 카트린에게는 관심도 없었다. 내성적이고 책 읽는 것을 좋아하는 카트린과 강인한 성격에다 스포츠를 즐기고 기사도에 심취해서 '기사왕'이라는 별칭도 얻은 앙리 2세는 성격상으로도 정반대였다.

말도 통하지 않는 프랑스 궁정에서 소녀는 갖은 모멸과 굴

교황 클레멘스 7세

클레멘스 7세(Clemens PP. VII, 1523년~1534년)는 219대 교황으로 피렌체 출신이며, 본명은 줄리오 디 줄리아노 데 메디치(Giulio di Giuliano de' Medici)다. 클레멘스 7세가 캐서린과의 혼인을 무효화해달라는 헨리 8세의 요청을 거절하면서 유럽의 종교적 혼란기가 닥쳤다. 하지만 교회법에 따르면 제아무리 교황이라도 이전에 허가해준 혼인을 무효화시킬 수는 없었다. 또한 클레멘스 7세는 캐서린의 삼촌인 카를 5세의 보호를 받고 있었기 때문에 혼인 무효는 더더욱 불가능했다.

카를 5세와 프랑수아 1세 사이에서 계속 줄타기를 하던 클레멘스 7세는 자신이 보호하고 있던 메디치 가문의 유일한 싱속녀 카트린 드 메디시스를 프랑수아 1세의 아들인 프랑스 2왕자 오를레앙 공작 앙리와 결혼시킨다.

프랑수아 1세

프랑스에서는 귀족들뿐만 아니라 국민도 앙리 왕자와 카트린 드 메디시스의 결혼을 탐탁해하지 않았다. 메디치 가문이 아무리 부유하다 해도 귀천상혼에 불과하다는 이유에서였다. 이에 프랑수아 1세(François I, 1494년~1547년)는 카트린이 평생 오를레앙 공작부인일 것이며, 왕비가 될 일은 없을 것이라고 귀족들을 안심시켰다. 프랑스 왕궁에서 카트린을 그나마 호의적으로 대한 사람은 시아버지 프랑수아 1세와 시누이 마르그리트 드 프랑스 공주밖에 없었다. 하지만 프랑수아 왕세자의 갑작스러운 죽음으로 프랑수아 1세가 평생 오를레앙 공작부인일 것이라고 장담했던 카트린은 프랑스의 왕비가 되었다.

디안 드 푸아티에

디안(Diane de Poitiers, 1499년~1566년)은 열다섯 살에 아네의 영주 루이 드 브레제와 결혼했는데, 그의 나이는 무려 쉰네 살이었다. 자녀 둘을 낳고 서른둘의 나이에 일찌감치 과부가 된 디안은 원래 앙리 2세의 아버지 프랑수아 1세의 정부였는데, 카트린 드 메디시스와 결혼하기 전 아버지가 결혼선물로 앙리 2세에게 넘겼다는 설이 있다.

앙리 2세는 여덟 살에 카를 5세의 인질로 보내질 때 배웅 나온 디안이 끌어안고 키스한 순간 그녀에게 반해서 디안에게 끝없는 사랑을 드러냈다.

욕을 견디며 버텼다. 앙리 2세는 국왕 즉위식에 디안의 이니셜과 문장을 수놓은 예복을 입을 만큼 정부에게 휘둘렸다. 그런 남편이다 보니 결혼계약서에 명시된 의무적 성관계 횟수조차 제대로 지키지 않는 게 당연했다.

열아홉 살이나 연상이었지만 달의 여신 디아나에 비유될 만큼 아름다웠던 디안에게 빠진 앙리 2세는 카트린을 완전히 무시했다. 파티에서 많은 사람이 지켜보는 가운데 디안을 무릎에 앉히고 기타를 연주하기도 했으며, 각국 대사들과 정치 이야기를 하면서도 옆에 앉은 디안의 가슴을 만지작거릴 정도였다.

프랑스 왕궁에서 카트린은 투명인간 취급을 받았다. 사람들은 그녀가 바로 앞에 있는데도 무시하고 그녀에 대한 이야기를 수군거렸고, 남편은 그녀가 바로 앞에 있는데도 정부를 챙기느라 바빴다. 카트린은 온갖 모욕감과 수치를 견디면서 디안에게 항상 공손하게 미소 지었다. 디안은 카트린과 육촌 지간인 데다 디안의 협조 없이는 아이를 임신하기 힘들었기 때문이다. 그런 그녀에게 동정심을 느꼈는지 디안은 앙리 2세와 밤을 보낸 뒤에도 늘 새벽에 앙리 2세를 돌려보냈다고 한다.

하지만 9년이 넘게 아이가 생기지 않고 이혼설이 슬슬 흘러나오자 카트린은 안절부절못했다. 그녀는 예언가 노스트라다무스를 비롯해 점성술가, 마술사들을 궁정에 불러들였으며, 마법의 물약을 매일 마시고, 금속 메달 부적을 달고 다녔다. 모두들 카트린을 '흑마술에 빠진 마녀'라고 수군거렸다. 카트린은 '불임의 동물'로 알려진 노새의 등에는 절대 올라타지 않을 만큼 아이를 갖기 위해 최선을 다했다. 소 배설물과 뿔, 노새의 소변 등 임신을 위한 온갖 미신이 동원되었다.

다행히 아이가 생겼다. 그런데 남편은 아이들을 정부인 디안에게 보내 양육하도록 했다. 카트린은 자신이 낳은 아이조차 제대로 볼 수 없었으며, 그렇게나 갖고 싶어 했던 슈농소 성도 남편이 정부에게 주어버렸다. 맏며느리인 스코틀랜드의

카트린 드 메디시스의 부적

카트린은 이탈리아 출신답게 흑마술을 비롯한 마법과 독극물에 관심이 많았고, 노스트라다무스(Nostradamus)가 금속에 염소 피와 인간 피를 섞어 만들어준 부적을 항상 소중히 지니고 다녔다. 카트린 드 메디시스의 아들이 모두 왕좌에 오를 것이고 또한 모두 일찍 죽을 것이라는 예언이 맞아떨어진 뒤, 노스트라다무스는 사람들에게 신뢰를 얻고 유명세를 타기 시작했다.

카트린 드 메디시스

카트린은 미망인이라는 것을 드러내기 위해 항상 검은 모자나 프랑스 후드를 착용했다. 또한 거대한 날개처럼 보이는 소매에 통이 넓은 옷을 입어 카트린이 지나가면 "검은 맨틀이 지나가는 것 같았다"고 묘사되어 있다.

카트린 드 메디시스의 판화

카트린은 200여 명의 빼어난 미녀를 시녀로 뽑아 거느리며 궁중에서 벌어지는 일을 모두 감시하고 정치 기밀을 빼내는 등 왕비 지위를 지키기 위해서 최선을 다했다.

슈농소 성

프랑스 루아르 계곡의 작은 마을 슈농소(Chenonceau)에 자리한 성이다. 앙리 2세
는 정부 디안에게 슈농소 성을 비롯해 아네 성, 리무르 성, 값비싼 보석 등을 아끼지
않고 주었다. 또한 공작부인이라는 칭호는 왕족에게만 주어지는 것인데도 디안에게
'발랑티누아 공작부인'이라는 칭호를 내렸다. 반면 왕비 카트린에게는 즉위 기념으로
20만 루블의 왕실비를 주었을 뿐이다. 앙리 2세가 디안이 원하는 것이라면 무엇이든
들어주었기 때문에 각국 대사나 귀족들도 부탁할 일이 있으면 무조건 디안을 찾았다
고 한다.

교황 바오로 3세가 왕비 카트린에게 황금장미를 선물하면서 디안에게도 진주목걸이
를 선사할 정도로 디안은 프랑스 왕궁에서 막강한 권력을 행사했다. 앙리 2세는 디
안의 정치적 능력과 충성심을 절대적으로 믿어 수많은 공식 서류를 맡겼으며, 두 명
의 이름을 합쳐 '앙리디안(HenriDiane)'이라고 서명하는 것까지 허락했다. 앙리 2세에
게 디안은 연인이기도 했지만 정치적 동반자이자 친구였다.

디안이 있는 한 카트린은 허수아비에 불과했다. 하지만 디안은 항상 카트린에 대한
경계심을 늦추지 않았다. 디안은 카트린이 낳은 아이들의 교육을 직접 맡았고, 디안
의 딸 프랑수아즈는 카트린의 하녀와 하인들을 관리하면서 카트린을 감시하고 견제
했다. 앙리 2세가 죽은 뒤 카트린은 디안을 슈농소 성에서 추방했다. 그로부터 7년
뒤, 디안은 외르에루아르 주의 아네 성에서 외부활동을 자제하고 조용히 살다 숨을
거두었다.

메리 여왕[2]조차 '이탈리아 출신 장사꾼의 딸'이라며 카트린을 무시했다. 또한 백성들은 그녀를 '그 이탈리아 여자'라고 불렀다.

카트린은 마키아벨리의 《군주론》을 달달 외울 만큼 탐독하며 때를 기다렸다. 마침내 남편 앙리 2세가 마상시합 도중 창에 눈이 찔려 죽고 만다. 디안이 병상에 누운 앙리 2세를 보여달라고 애원했지만 카트린은 단번에 거절한다. 또한 장례식에도 참석하지 못하게 한 것은 물론 남편이 디안에게 준 선물목록을 작성해 모두 돌려받았다. 물론 슈농소 성도 되찾았다. 그리고 죽을 때까지 남편의 죽음을 애도하는 의미로 방을 검은색으로만 치장하고, 항상 검은 베일을 쓰고 검은 옷을 입었다.

더 큰 복수와 갈등을 예상했던 세상은 시시하게 생각했지만, 이것은 《군주론》의 가르침 덕분이었다.

인간들이란 다정하게 대해주거나 아니면 아주 짓밟아 뭉개버려야 한다. 왜냐하면 인간이란 사소한 피해에 대해서는 보복하려고 들지만, 엄청난 피해에 대해서는 감히 복수할 엄두조차 내지 못하기 때문이다. 따라서 사람들에게 피해를 주려면 그들의 복수를 두려워할 필요가 없을 정도로 아예 크게 주어야 한다.

가혹 행위는 한 번에 그리고 은혜는 조금씩 자주 베풀어라.

카트린은 마키아벨리의 통치기술을 철저히 지켰다. 경쟁자에게도 사소한 일로 칭찬을 자주 했으며, 적에게도 상냥하게 웃을 줄 알았다. 또한 앙리 2세가 죽은 뒤에도 자신이 정적을 철저히 짓밟을 수 없다는 것을 알았기 때문에 복수 따위는 하지 않았다. 그녀는 언제나 증오를 감출 줄 아는 사람이었다.

카트린 드 메디시스의 무덤
카트린의 시신은 약식 장례를 치른 뒤 블루아 성당 바닥에 묘비도 없이 묻혔다. 앙리 2세의 서녀였던 디안 드 프랑스가 "카트린 왕비가 죽어서 이런 취급을 받는 것은 너무나 부당하다"고 항의한 덕분에 카트린은 생드니 성당의 왕실 묘역으로 이장돼 앙리 2세 곁에 잠들게 되었다.

나는 감정이 얼굴에 확 드러나는 유형이다. 연기학원이라도 다녀야 하는 게 아닌가 싶을 만큼 심각한 수준이다. 상사가 말도 안 되는 트집을 잡을 때나, 동료가 일을 잘못해서 업무가 마비되거나, 누가 조금이라도 듣기 싫은 소리를 하면 이맛살은 찌푸려지고 눈은 뾰족해지며 얼굴은 딱딱하게 굳는다.

물론 나도 억지로나마 웃으려고 노력을 해봤다. 그런데 섬뜩한 눈빛과 잔뜩 굳은 얼굴에서 입꼬리만 올라간다고 생각해보라. 그야말로 엽기적인 조커가 되고 만다.

그래서 감정조절을 위해 다양한 노력을 해보았다. 듣기 싫은 잔소리를 들을 때는 속으로 만화 주제가를 부르기도 하고, 말도 안 되는 고집을 피우는 사람 곁에선 구구단을 외우기도 한다. 하지만 표정 관리는 언제나 실패다.

문제는 그다음이다. 그런 일이 반복되다 보면 그 사람 곁에서는 저절로 표정이 굳는다. 불쾌한 감정은 절대 사라지지 않은 채 쌓이고 쌓일 뿐이다. 그렇게 증오하는 사람의 숫자도 늘어만 간다. 보기만 해도 싫은 표정을 지으니 상대방도 내 감정을 알아채는 게 당연하다. 자신을 싫어하는 사람을 누가 좋아하겠는가? 그렇게 악순환은 되풀이된다. 인간관계만 엉망진창이 되는 것이 아니라 업무도 엉망진창이 되어버린다.

이런 나와는 달리 카트린은 자신의 증오를 숨길 줄 알았다.

바람피우는 남편에게도 항상 공손했으며, 나라의 세금을 털어 보석을 사는 남편의 정부 디안에게도 상냥했다. 그랬기 때문에 9년이나 아이가 없으니 이혼하라는 주위의 성화에도 쫓겨나지 않고 버틸 수 있었다.

그녀는 남편과 남편의 정부를 증오하는 대신 이탈리아의 문화와 예술을 프랑스에 전파하기 위해 노력했다. 레오나르도 다빈치를 초빙하기도 하고 코르셋을 유행시키기도 했다. 특히 포크를 사용하지 않았던 프랑스에 포크를 처음으로 들여왔으며 소르베, 타르트, 마카롱 등의 디저트를 들여온 사람도 카트린이었다. 카트린이 프랑스의 식문화를 만들었다 해도 과언이 아니다. 일설에는 프랑스에 없었던 '도나 콘 도나(여자 대 여자, 동성애)'를 들여온 것도 카트린이라고 한다.

남편이 죽고 얼마의 시간이 흘러 그녀는 자신의 증오를 모두 드러내도 될 만큼 권력자가 되었다. 하지만 일부러 증오를 감추고 관대함을 과시함으로써 여성이자 외국인인 자신이 섭정을 하는 것에 대한 불안과 불만을 잠재울 수 있었다.

그래서 나는 그녀가 신교도에 대한 탄압을 지시했다고 믿지 않는다. 그녀는 가톨릭신자였지만 신교도를 위해서 이단을 처벌하기 위한 사형제도를 폐지했고, 도시 밖에서의 예배와 신앙의 자유를 허용했다. 하지만 이런 중용적인 태도로 오히려 신교도와 구교도 모두에게 비난을 받았다. 그래서 그녀의 시신은 약식 장례를 치른 뒤 블루아 성당 바닥에 묘비도 없이 묻혔다가 20년이 지난 뒤에야 샌드니 대성당의 앙리 2세 곁에 묻혔다. 하지만 양쪽 모두에게 관대한 태도를 취했기 때문에 그녀가 천수를 누렸던 것은 분명하다.

카트린은 오랫동안 증오심을 숨기고 모욕의 세월을 견딘 끝에 얻은 권력의 단맛을 즐겼다.

카트린의 큰아들 프랑수아 2세는 열다섯의 어린 나이에 왕위에 올랐는데, 어릴 때부터 워낙 허약해서 대관식 때 쓴 왕관이 무거워 걷지도 못할 정도였다. 그러니 카트린이 섭정을 하는 게 당연했다. 프랑수아 2세는 교회에서 예배를 드리다 갑작스런 고열로 세상을 떠났다.

둘째 아들 샤를 9세는 혼자 자는 것도 무서워하는 아홉 살 아이일 뿐이었다. 카트린은 샤를 9세의 옆방에서 지내며 섭정을 했다. 샤를 9세는 친구인 코리니 제독을 비롯한 개신교도들이 처참히 죽음을 당한 '성 바르톨로메오 축일의 대학살'에서 사격을 해야 했던 기억 때문에 우울증에 걸려 사망했다.

마침내 카트린이 가장 좋아한 막내아들 앙리 3세가 왕위에 오르게 된다. 모든 것이 카트린이 원하는 대로 이루어진 것이다. 증오심을 감추고 모멸감을 참으며 얻은 대가로서는 충분히 만족스러운 결말이었다.

　나도 증오를 감추는 대신 또 다른 뭔가에 집중할 필요가
있었다. 나는 숨쉬기운동조차 겨우 할 만큼 움직이는 것을 극
히 싫어하는 사람이라서 행동반경이 가장 좁은 취미인 바느질
을 한다. 십자수, 퀼트, 테디 베어, 양말인형……. 바늘을 잡고
있으면 그나마 펄펄 끓어오르던 증오심이 조금 가라앉는다.
카트린이 이탈리아 식문화를 전파한 것만큼 대단한 일은 아
니지만, 바늘 끝에 집중하는 순간만은 마음속이 조용해진다.
그러니 여러분도 여러분만의 취미를 찾기 바란다.

　하지만 착각하지 마시길.

　증오를 감추기만 해서 화병에 걸리면 안 된다. 증오를 감추
는 것은 철저히 나를 위한 행위다. 카트린이 그랬듯이 자신의
이익을 위해 참는 것이지 무조건 참으라는 뜻은 아니다. 무조
건 참지 않으면 어쩌느냐고? 용서 아니면 복수. 두 가지 선택
만이 남고, 선택은 당신의 몫이다.

　증오를 감추기는 쉽지 않다. 하지만 꾸준히 훈련만 한다면
나도 할 수 있지 않을까 기대해본다. 당장 오늘부터 실천하기
위해 내가 싫어하는 상사에게 칭찬을 하기로 결심했다. 머리
모양이나 옷차림에 대한 가벼운 칭찬으로 시작하는 게 좋겠
다. 비록 너저분한 옷차림에다 깔끔함과는 거리가 먼 기름진

머리라도 상관없다.

"오늘따라 스타일이 우아해 보이시네요."

밤새도록 연습한 말이니 자연스럽게 나올 거라 기대해본다.

언제나 '가식'은 인간관계를 풍성히 자라게 해주는 최고의
자양분이다.

증오를 감추어라!

그것이 카트린 드 메디시스가 내게 알려준 악녀의 십계명
이다.

---

1 프로스페르 메리메(Prosper Mérimée, 1803년~1870년)는 프랑스의 19세기 소설가, 역사가
   다. 《콜롱바》, 《카르멘》, 《샤를 9세 연대기》 등이 대표작이다.

2 카트린의 맏아들 프랑수아 2세는 스코틀랜드 국왕 제임스 5세의 딸 메리 스튜어트와 결혼
   했으나 프랑수아가 급사한 뒤 메리는 스코틀랜드로 돌아갔다.

09

복수를 위해서는
오랜 시간을
준비하라

예카테리나 2세(Yekaterina II Velikaya)

본명 조피 프레데리케 아우구스테 폰 안할트-체르프스트
(Sophie Friederike Auguste von Anhalt-Zerbst)
개명 예카테리나 알렉세예브나 로마노바(Екатерина Алексеевна Романова)
재위 1762년~1796년(대관식 1762년 9월 12일)
출생 1729년 5월 2일, 독일(프로이센) 포메라니아 슈테틴
사망 1796년 11월 17일, 러시아 상트페테르부르크(향년 67세)

더 많이 알면 더 많이 용서하게 된다.

– 예카테리나 대제

Yekaterina II Velikaya

손자인 니콜라이 1세가 '왕관을 쓴 창녀'라고 불렀던 여자.

애인과 전 애인을 위해 러시아 국가예산의 10분의 1 이상을 쓴 여자.

새로운 성관계 상대를 효율적으로 찾기 위해 외모, 신체검사, 성격, 교양 평가는 물론 성적 능력을 미리 시험하기 위한 두 명의 시녀까지 두었던 치밀한 여자.

애인이었던 기마호위병 장교 알렉산더 란스코이를 최음제 과다복용에 따른 고열로 스물셋의 나이에 사망하게 한 여자.

자신을 성적으로 만족시켰다는 이유만으로 마흔두 살 연하 애인 발레리안 주보프[1]에게 룬달레 궁전까지 하사했던 통

큰 여자.

겨울궁전 안에 남녀 성기 모양의 가구와 장식물로 가득 찬 '애인의 방'을 만들었던 여자.

애인이었던 폴란드의 스타니슬라브 2세[2]를 위해 러시아군을 동원해 폴란드 왕궁에서 쿠데타를 일으키고 오스만튀르크와 전쟁을 벌인 여자.

열여섯 어린 소년을 비롯해 평생에 걸쳐 300여 명의 남자를 애인으로 두었다는 여자.

아버지가 각기 다른 세 명의 아이를 낳았던 여자.

그나마 모두 맘에 들지 않는다고 손자에게 양위를 하려 했던 여자.

농민과 농노들의 삶을 피폐하게 만들어 푸가초프[3]의 반란을 비롯해 60번이 넘는 백성의 반란이 일어났지만, 그 모두를 무력으로 진압해버린 여자.

엘리자베타 여제의 사생아 타라카노바 공주[4]가 왕위를 위협할까 봐 모스크바의 수도원에 감금했던 여자.

태어난 지 석 달 만에 차르가 되었다가 다음 해에 퇴위당한 이반 6세[5]를 이름도 없는 '죄수 제1호'로 실리셀부르크 요새의 독방에 가두었다가 끝내 죽여버린 여자.

그럼에도 불구하고 전 세계에서 '대제' 칭호를 받은 단 한 명의 여성, 예카테리나 2세.

　사실 예카테리나는 작은 공국에서 태어나 운 좋게 시어머니 엘리자베타 여제의 눈에 들어 러시아의 황태자비가 되었다. 하지만 행운은 거기까지였다. 열여섯 살에 표트르 3세와 결혼한 예카테리나는 처음부터 표트르 3세와 맞지 않았다. 표트르 3세는 어린 시절 부모를 모두 잃어서인지 유아적 성향이 강해 장난감 병정놀이가 취미였고, 얼굴은 곰보자국투성이였으며, 매일 술을 마셨다.

　엘리자베타 여제는 표트르 3세 때문에 몇 번이나 공개적으

표트르 3세

표트르 3세(Пётр Ⅲ Пётр Фёдорович, 1728년~1762년)의 어머니는 엘리자베타 여제의 언니 안나 페트로브나로 표트르 3세를 낳은 지 얼마 되지 않아 세상을 떠났다. 표트르 3세는 열 살 때 아버지가 죽으며 홀슈타인-고토로프 공작의 지위를 받았으나, 러시아 황태자가 되면서 표트르 페테로비치 대공이라고 불리게 되었다.

표트르 3세는 정신적으로 문제가 있었던 데다가 지능도 낮아서 러시아에 적응을 못했다. 또 반(反)프로이센 의식이 강한 러시아 국민들과는 달리 자신이 태어난 프로이센을 항상 그리워했다. 예카테리나의 쿠데타가 성공할 수 있었던 것은 러시아 국민이 친(親)프로이센 성향의 표트르 3세에게 불만이 많았기 때문이기도 하다.

(그림 : 루카스 콘라트 판트첼트, 1761년, 에르미타주 미술관)

러시아 로마노프 왕조 계승도

로마노프 왕조(Романов)는 1613년부터 1917년까지 304년 동안 러시아제국을 통치한 왕조다.

미하일 1세
(1613~1645)

에우독시아
스트레시네바

마리아

알렉세이
(1645~1676)

나탈리아

표도르 3세
(1676~1682)

소피아

이반 5세
(1682~1696)

프라스코비아
살티코바

카타리나 1세
(1725~1727)

표트르 1세
(1682~1725)

쥬도차

카를 레오폴드

카타리나

안나
(1730~1740)

카를

안나

엘리자베타
(1741~1761)

알렉세이

샬로트

안나

안톤 울리히

홀슈타인 고트로프-로마노프 왕조 표트르 3세

로마노프 왕조는 예카테리나의 남편 홀슈타인 고트로프 가문의 카를이 표트르 3세가 되면서 홀슈타인 고트로프-로마노프 왕조가 되었다.

표트르 2세
(1727~1730)

이반 6세
(1740~1741)

* 괄호 연도는 재위기간

나는 악녀가 되기로 결심했다

엘리자베타 여제

엘리자베타 여제(Елизаве́та Петро́вна, 1709년
~1762년)의 본명은 엘리자베타 페트로브나
로마노바(Елизаве́та Петро́вна Романова)다.
엘리자베타 여제가 예카테리나를 며느리로 선
택한 이유는 오래전 엘리자베타와 안할트 가
문 사이에 혼담이 오갔기 때문이다. 표면적으
로는 며느리 예카테리나와 사이가 좋았던 것
으로 보이지만, 실제로는 언제나 서로를 감시
하며 날을 세우는 정적 관계였다.
그래도 예카테리나는 엘리자베타 여제의 장
례식이 거행되는 열흘 내내 빈소를 지켰다. 이
점도 러시아인들이 표트르 3세보다 예카테리
나에게 호감을 가졌던 이유다.
(그림 : 이반 아그노브, 1741년)

로 망신을 당했다. 오죽하면 황실에서 황태자 가정교사에게
써놓은 비망록이 지금도 박물관에 기록으로 남아 있을 정도
다. 이를테면 "가정교사는 표트르 황태자가 남들을 노려보거
나 큰 소리로 떠들지 못하게 교육시킬 것", "식사할 때 식탁에
서 시중드는 하인들 머리에 포도주를 붓지 못하도록 교육할
것" 등이다.

이 내용을 보면 표트르 3세의 정신 상태가 의심스러운데, 실
제로 표트르 3세는 지능이 낮고 정신적으로 이상이 있었다는
설이 지배적이다. 아무리 황태자라 해도 정상적인 예카테리나
가 그런 표트르 3세를 사랑하기는 힘들었을 것이다.

게다가 표트르 3세는 성기에 결함이 있어 성관계를 제대로
할 수 없었다. 다행히 수술로 성기 문제를 해결하고 나서는 정

엘리자베타 보론초바

표트르의 애인 엘리자베타 보론초바 (Yelizaveta Vorontsova, 1739년~1792년)는 당시 권력의 실세였던 부수상 미하일 보론초바의 조카였다. 예카테리나가 쿠데타를 일으키지 않았다면 엘리자베타는 표트르 3세와 삼촌의 권력으로 충분히 황후에 책봉될 수 있었다.

표트르 3세는 항상 공식 행사에 예카테리나 대신 엘리자베타 보론초바를 대동했는데, 그녀는 술에 취하면 소리를 지르며 주정하기 일쑤였고, 아무 데서나 잠들어버리기도 했다. 또한 다리를 절었고, 천연두를 앓아 얼굴은 곰보투성이였으며, 게다가 무식했다. 그래서 러시아인들은 표트르 3세만큼이나 보론초바도 별로 좋아하지 않았다.

(그림 : 드미트리 리브스키, 1784년, 힐우드 에스테이트 박물관)

파벨 1세

파벨 1세(Павел I, 1754년~1801년)는 표트르 3세와 예카테리나 2세의 아들로 본명은 파벨 페트로비치(Pavel Petrovich)다. 그러나 그의 생부가 실은 예카테리나의 애인 세르게이 살티코프 백작이며, 엘리자베타 여제가 그 사실을 알면서 모른 척했다는 설도 있다.

예카테리나는 파벨과 사이가 나빠 손자 알렉산드르를 후계자로 지명하려 했으나 알렉산드르가 이를 거절했다고 한다. 파벨 1세는 예카테리나가 아버지를 죽이면서 왕위에 올랐고, 원래는 자신이 정당한 계승자라는 생각에 혹시나 어머니가 자신도 살해하지 않을까 항상 불안해했다고 한다. 예카테리나의 갑작스러운 서거로 왕위에 오른 파벨 1세는 즉위한 지 5년도 안 되어 정체불명의 군인들에게 침실에서 암살당했다. 이 암살의 배후는 아들 알렉산드르라는 설이 있다.

(그림 : 블라디미르 보로비코프스키)

부인 엘리자베타 보론초바에게 빠져 헤어 나오지 못했다.

예카테리나가 간신히 낳은 첫 아이 파벨 페트로비치는 태어나자마자 시어머니가 빼앗아버렸다. 그래서 예카테리나는 자신이 낳은 자식의 얼굴을 세례식 때 잠깐 보고는 여섯 달 후에야 안아볼 수 있었다. 엘리자베타 여제는 정신적으로 이상이 있는 황태자 대신 며느리 예카테리나가 권력을 잡을까 봐 늘 전전긍긍했다. 그래서 예카테리나 주위에 스파이를 심어두고 감시까지 했다.

표트르 3세는 예카테리나를 공개적으로 모욕하고 망신을 주었으며 폭행도 서슴지 않았다. 표트르 3세가 즉위하자마자 자신과 이혼하고 정부와 결혼하려는 음모를 꾸민다는 것을 안 순간, 18년 동안이나 참아왔던 예카테리나의 분노가 폭발했다.

예카테리나가 애인 그레고리 오를로프와 함께 쿠데타를 일으키면서 표트르 3세는 즉위 반년 만에 쫓기는 신세가 되었으며, 6일 뒤 알렉세이 오를로프에게 살해당했다. 예카테리나가 남편을 죽이라고 명령했는지에 대해서는 의견이 분분하지만, 어쨌든 표트르 3세를 살해한 알렉세이와 네 명의 근위대 장교는 어떤 처벌도 받지 않았다. 그리고 예카테리나는 여제로 등극한다.

그레고리 오를로프

그레고리 오를로프(Grigory Orlov, 1734년~ 1783년)는 황실 근위대 소속으로 예카테
리나의 애인이었다. 그는 남동생 알렉세이와 함께 황실 근위대가 예카테리나의 쿠데
타에 참여하도록 분위기를 조성했다.

사실 예카테리나의 쿠데타는 그리 치밀한 계획 하에 실행된 것이 아니었다. 쿠데타
의 시작에는 그레고리와 예카테리나의 아들이 개입되어 있다. 1762년, 예카테리나는
아들 알렉세이 그레고리오비치 보브린스키(1762년~1813년)를 낳았는데, 아이의 아
버지는 물론 그레고리 오를로프였다. 아기는 태어나자마자 보브린스키가에 입양되어
수도에서 멀리 떨어진 곳으로 보내졌다. 표트르 3세는 아기가 자신의 소생이 아니라
는 이유로 예카테리나를 폐위할 뜻을 밝히고 정식으로 체포 명령을 내렸다. 그래서
예카테리나는 아기를 낳고 산후조리도 제대로 하지 못한 상태에서 쿠데타를 일으킬
수밖에 없었다. (그림 : 표도르 로코토브)

예카테리나 2세

열여섯에 결혼해 표트르 3세의 성기능 장
애로 성관계를 가지지 못했던 예카테리나
는 이때부터 책에 몰두하기 시작해 유명
한 철학자들의 저술을 거의 모두 독파했다.
예카테리나의 첫 경험 상대는 명문가 출신
의 미남 청년인 세르게이 살티코프(Sergei
Vasilievich Saltykov) 백작으로 당시 예카테
리나는 스물두 살이었다. 둘의 육체적 관계
는 2년 정도 지속되다가 표트르 3세가 성기
수술로 성기능을 회복하며 중단되었다. 하지
만 세르게이 살티코프 백작과 예카테리나의
우정은 평생 동안 지속되었다. (그림 : J. B.
램피, 1780년, 쿤스트스토리스체즈 박물관)

예카테리나의 쿠데타는 유혈사태 없이 끝나 '유쾌한 귀부인의 혁명'이라 불린다. 군인들은 예카테리나의 한마디에 충성 서약을 했고, 성직자들은 그녀와 군인들을 축복했으며, 군중이 몰려들어 힘을 보탰다. 러시아 왕실의 정통 계승자도 아닌 외국인 여성 예카테리나가 이렇게 지지를 받은 데는 그녀의 끈질긴 노력이 있었다.

예카테리나 쿠데타 당일의 겨울궁전
발코니에서 내려다보고 있는 여성이 예카테리나다. 1762년 7월, 표트르 3세와 보론초바가 함께 여름별장으로 떠난 사이, 예카테리나는 자신의 휘하에 모인 황실 근위병을 이용해 쿠데타를 일으켜 표트르 3세를 폐위시킨 뒤 유폐했다. 표트르 3세에게 반감이 있었던 황실 근위대는 당연히 예카테리나의 쿠데타에 참여했다. 과거 예카테리나의 애인이었던 키릴 라주모프스키 백작이 이끄는 이즈마일로프스키 연대도 예카테리나와 함께 앞장섰다. 예카테리나는 카잔 대성당에서 신부들에게 축복을 받고 축제 분위기 속에서 페테르부르크에 도착해 국민의 환호를 받았다. 일설에는 표트르 3세가 쿠데타 소식을 듣고 눈물을 흘렸다고도 한다. 어쨌든 표트르 3세는 황위 양도 각서에 순순히 사인했다. (그림 : 요아힘 케스트너)

표트르 3세는 러시아의 황태자가 되어서도 자신이 태어난 프로이센을 그리워했다. 당시 프로이센은 러시아와 전쟁 중이었는데, 그는 프로이센이 전쟁에 패할 때마다 안타까움을 드러내서 귀족들을 질리게 만들었다. 신하들은 프로이센과 전쟁을 치르고 있는 상황에서 프로이센 편을 드는 황태자를 용납할 수 없었다. 그래서 엘리자베타 여제에게 후계자를 교체할 것을 건의했지만, 표트르 대제[6]의 혈통에 몹시 집착했던 엘리자베타 여제는 이를 받아들이지 않았다.

표트르 3세는 즉위하자마자 프로이센의 절반을 장악하고 있던 러시아군에 즉각적인 철수를 명령해 신하들을 기함하게 했다. 그는 군복을 프로이센식으로 바꾸고 프로이센 장교 출신 인사를 영입하는 것으로도 모자라 정부인 엘리자베타 보론초바의 집안사람들을 주요 직책에 임명했다. 프로이센에 대한 황제의 향수병에 귀족들뿐만 아니라 국민도 진저리를 쳤다.

이때 똑똑한 예카테리나는 남편과 반대로 행동했다. 친정 가문의 격렬한 반대를 무릅쓰고 루터교에서 러시아정교로 개종했으며, 이름도 조피 프레데리케 아우구스테 폰 안할트-체르프스트에서 러시아식인 예카테리나 알렉세예브나 로마노바로 바꾸었다. 예카테리나의 아버지는 이 일로 화가 나서 딸의 결혼식에 참석하지 않았다.

예카테리나는 러시아어를 좀 더 빨리 익히기 위해 노력했다. 러시아 단어를 외울 때 졸지 않으려고 차가운 돌바닥에서 공부하다가 폐렴에 걸리기까지 했을 정도였다. 그렇게 그녀는 러시아인으로 거듭나려고 노력했다.

18년의 긴 시간 동안 그녀는 자신을 모욕하고 멸시하는 어린애 같은 남편을 참아냈다. 또한 갖은 트집을 잡아 구박하는 신경질적인 시어머니를 견뎌냈다. 그러면서도 러시아 백성

예카테리나의 대관식
예카테리나는 즉위하자마자 영국에 기술자들을 보내 전함 건조법, 의료·과학 기술 등을 습득해 오게 했다. 그리고 이 지식을 전달하기 위해 모든 도시에 학교의 설립을 의무화했다. 그 결과 예카테리나의 재위기간 동안 공장, 농지, 광산이 몇 배로 불어났다. 또한 남쪽으로는 흑해의 크림반도, 서쪽으로는 우크라이나를 차지했고, 프로이센 및 오스트리아와 함께 폴란드를 분할해서 합병했다. 그렇게 러시아를 유럽 최강국으로 만들었기 때문에 예카테리나는 대제 칭호를 받을 수 있었다. (그림 : 스테파노 토렐리, 1777년, 트레티야코프 갤러리)

황제의 한 걸음

당시 신문에 실린 만화. 예카테리나 2세가 러시아에서 콘스탄티노플(현재의 이스탄불)까지 다리를 벌리고 있고, 각국의 왕들이 치마 속을 들여다보고 있다. 예카테리나의 바람기와 오지랖 넓은 외교정책을 동시에 비꼬는 그림이다.

그레고리 포템킨

예카테리나의 수많은 정부 중에서도 가장 오랜 기간 함께했던 이 남자는 황실 기마 경비대 병참 장교였던 그레고리 포템킨(Grigori Potemkin, 1739년 ~1791년)이다. 포템킨은 예카테리나가 12년간 지속된 관계를 끊으려 하자 그녀의 수청을 들 남자를 골라 공급하는 역할을 자청했다. 예카테리나는 자신의 성적 취향을 잘 아는 포템킨의 역할에 만족했고, 포템킨은 한 남자가 너무 오래 총애를 받지 않도록 조절하면서 권력을 쥐고 흔들 수 있는 자신의 위치에 만족했다. (그림 : J. B. 램피, 1788년)

예카테리나 궁전

러시아 차르스코예 셀로(Царское Село, 푸시킨)에 있는 러시아제국 시대의 궁전으로 예카테리나 1세의 명령으로 건립되었다. 러시아 고유의 양식과 당시 유행하던 유럽 왕궁의 건축양식이 혼합된 이 궁전은 화려함의 극치를 보여준다.

특히 방 전체가 호박과 황금으로 장식된 '호박방'이 유명하다. 현재의 호박방은 제2차 세계대전 때 나치 독일군이 상트페테르부르크(당시 레닌그라드)를 포위했을 때 호박과 황금을 모두 떼어가서 다시 복원한 것이다.

알렉산드르 1세

예카테리나는 손자 알렉산드르(Александр I, 1777년~1825년)에게 황위를 물려주기 위해 직접 자유주의 교육을 시켰다. 그 덕분인지 아버지 파벨 1세가 반란군에게 암살된 뒤 추대된 알렉산드르 1세는 꽤 뛰어난 황제였다. 알렉산드르 1세가 바로 나폴레옹을 무너뜨린 주인공이다. 1812년의 나폴레옹 격퇴 전쟁은 러시아에서 '조국 전쟁'으로 불린다. 프랑스군을 몰아낸 알렉산드르 1세는 그에 만족하지 않고 파리까지 진격한다. 1814년, 나폴레옹은 퇴위되어 엘바 섬에 유배되고, 알렉산드르 1세는 나폴레옹이 세운 바르샤바 공국을 차지하면서 폴란드 왕국의 왕을 겸임하게 된다. 전쟁의 승리는 러시아인들의 민족의식을 고양시키는 동시에 수많은 예술 작품을 탄생시켰다. (그림 : 조지 다우, 1826년)

볼테르

계몽사상가인 볼테르는 "러시아의 황위는 표트르 대제 이후 세습제도 선출제도 아닌 점령제로 계승되어왔다"고 말했다. 예카테리나는 왕위 계승의 정당성을 내세우기 위해 자신이 '계몽군주'임을 내세웠다. 왕실에 볼테르, 디드로 등을 초청하고 발레의 활성화를 도모하는 등 예술과 문화를 발전시키는 데 힘썼다. 또한 예카테리나가 문학작품에 대한 평론을 쓰면서 '문학평론'이 문학의 영역으로 자리 잡았다. (그림 : 니콜라드 라르질리에르, 1724년, 베르사유 궁전)

과 귀족들 사이에 스며들기 위한 노력을 멈추지 않았다.

　문화와 예술 분야를 후원하고 학교를 건립했으며, 몽테스키외[7]와 볼테르,[8] 디드로[9] 등 당대 유명 인사들과 교류하면서 러시아에 대한 자신의 사랑을 증명해 보였다. 그렇게 오랜 노력 끝에 마침내 복수가 이루어졌다.

타라카노바 공주의 죽음

타라카노바 공주는 예카테리나가 죽고 나서야 감금에서 풀려나 병사한 것으로 알려져 있다. 그림은 타라카노바 공주 행세를 하다 붙잡혀 지하감옥에서 죽은 가짜 타라카노바 공주의 모습을 묘사한 것이다. 당시 진짜 타라카노바 공주는 수도원에 감금되어 있었는데, 가짜 타라카노바 공주는 뛰어난 미모와 말솜씨로 러시아 귀족들을 사로잡았으며, 예카테리나의 왕위까지 넘보다 붙잡혀서 폐결핵으로 죽었다. (그림 : K. D. 플로비츠키, 1864년)

복수는 완벽하고 성공적이었다. 그래서 지금도 러시아인들이 예카테리나 2세를 '러시아의 자궁심', '러시아의 가장 완벽한 군주'라고 말할 정도다.

복수와 용서.

양립할 수 없는 둘 중에서 언제나 사람들이 권하는 것은 용서다. 우울증에 도움이 된다고 해서 '용서'에 관한 책들을 닥치는 대로 읽었다. 지식이 쌓이면 행할 수도 있지 않을까 하는 기대에서였다.

개인적으로 용서라는 단어를 몹시 어색해하고, 용서라는 단어를 사용할 기회를 별로 가지지 못하며, 용서보다는 복수라는 단어에 더 유혹을 느끼는 나로서는 몹시도 불편하고 갈등을 많이 느끼게 하는 책들이었다.

용서에 무척이나 서투른 나 자신에 대해서도 생각해볼 수 있었고, 인간이기에 실수를 할 수도 있고 인간이기에 변할 수도 있다는 것도 깨달았다. 과거에 옳다고 생각했던 것들이 현재는 틀렸다고 증명되듯 나에게 상처를 준 사람의 의도가 오히려 나를 위해서였을 수도 있다는 희박한 가능성도 인정할 수 있다. 물론 용서란 인간이 가질 수 있는 가장 고귀한 감정이며, 나에게 가해진 폭력에 폭력으로 대응하지 않는 것이 폭력의 순환을 끊을 수 있는 방법이라는 것도 잘 알고 있다.

하지만!!!

아무리 깨닫고, 인정하고, 되새기려고 노력해도 용서가 되지 않는다.

깊은 밤, 잠들기 전, 상처는 스르르 떠오른다.

나에게 상처 준 사람들의 얼굴이 스쳐가면서 그들이 내게 준 상처는 어둠을 타고 벌어져 피를 흘린다. 그렇게 매일매일 고통스러운데도 복수의 유혹에 흔들리지 않기는 힘들다.

이렇게 말했어야지.

이렇게 행동했어야지.

다음에는 이렇게 쏘아붙일 거야.

다음에는 그렇게 당하지 않을 거야.

차라리 내가 먼저 그들에게 상처를 줄 거야.

어리석은 복수심에 뒤척이다 잠이 들면, 악몽이다. 끔찍한 현실에서 벗어나 도망친 곳도 악몽 속이라니……. 처참하다.

선택은 두 가지뿐이다. 용서하거나, 복수하거나.

용서는 하찮은 인간에 불과한 나로서는 너무 어려운 선택이다. 그래서 나의 악몽을 없애기 위한 복수를 준비한다. 예카테리나는 복수를 위해 18년 동안이나 준비했다. 그 끈질긴 집념 덕분에 방탕하고 난잡한 사생활에도 불구하고 세계 역사상 '대제' 칭호를 받은 단 한 명의 여성이 되었다. 바람피우고 면박이나 주는 남편에 대한 완벽한 복수가 무엇인지를 예카테리나는 제대로 보여주었다.

그렇다고 예카테리나처럼 무력을 사용하는 복수는 법의 테두리에 걸린다. 어떻게 하면 가장 좋은 복수가 될까 생각했는데, 역시 잘 사는 게 복수다. 그 말이 맞다. 사촌이 땅을 사도 배가 아프다고 했다. 우리에게 심술을 부리는 사람은 인성이 올바르지 못할 테니 남 잘되는 꼴을 두고 보지 못할 것이다. 그러니 그 사람들 보란 듯이 성공해야 한다. 하지만 그러려면 예카테리나처럼 철저하게 준비하고 노력해야만 한다.

불행히도 난 그럴 자신이 없다. 난 아주 게으르고, 끈질긴 집념은커녕 한 톨의 인내심도 없다. 18년을 참고 살았다니, 생각만 해도 끔찍하다. 18년 동안이나 복수를 위해 준비했다니, 나로서는 어림도 없는 일이다. 복수하고 싶은 마음이 아무리 크다고 해도 내 본성은 복수를 위해 그 많은 것을 차근차근 준비하고 노력하며, 냉정하고 잔인하게 복수를 실행하기엔 무리가 있다. 그래서 복수 따위는 포기하려고 했다.

하지만 문득 깨달은 사실!

예카테리나도 처음부터 복수를 위해 그 모든 것을 준비하지는 않았다. 유별난 시어머니의 시집살이가 괴로워도, 사이

나쁜 남편이 지겨워도 러시아의 황태자비 역할을 제대로 수행하기 위해 노력했을 뿐이다. 그저 자신의 자리에서 자기 일에 충실했던 것이다.

어쩌면 나도 그 정도는 할 수 있을 것 같다. 비록 지금은 많이 지쳐 쉬어가고 있지만, 이제 다시 힘을 내는 거다. 그저 현재를 살아가는 것, 최선을 다하며 사느라 바빠 과거의 상처 따위는 잊고 사는 것. 어쩌면 그것이 진정한 복수일지도 모른다. 물론 과거의 상처를 완전히 잊기 위해서는 또 오랜 시간이 필요하겠지만.

이래저래 완벽한 복수에는 기나긴 시간이 필수인 모양이다.

복수를 위해서는 오랜 시간을 준비하라!

그것이 예카테리나 대제가 내게 알려준 악녀의 십계명이다.

1 발레리안 주보프(Valerian Zubov, 1771년~1804년)는 당시 러시아 최고의 미남으로 유명했으며, 형인 플라톤 주보프(Platon Zubov, 1767년~1822년)도 예카테리나의 애인이었다. 룬달레 궁을 하사받은 발레리안은 서른두 살에 죽고, 궁은 형 플라톤이 이어받아 죽을 때까지 살았다. 그 후 플라톤의 아내가 러시아 왕가의 슈발로프 백작과 재혼하면서 룬달레 궁은 슈발로프 가문의 소유가 되었다.

2 스타니슬라브 II 아우구스투스(또는 스타니스와프 2세, Stanisław II August Poniatowski, 1732년~1798년)는 폴란드-리투아니아 연방의 마지막 군주였지만 러시아의 개입으로 군림하게 된 왕이기도 하다.

3 예멜리얀 푸가초프(Yemelyan Pugachov, 1742년~1775년)는 러시아의 대표적인 카자크 농민 반란인 푸가초프의 난(1773년~1775년)의 지도자였다. 예카테리나를 폐위시키기 위해 오렌부르크를 중심으로 일어났던 반란은 2년여의 전투 끝에 예카테리나의 승리로 끝났다. 푸가초프는 진압군에게 잡히지 않고 탈출했지만 카자크인의 배반으로 모스크바에 압송, 처형되었다.

4 타라카노바(Tarakanova, 1744년경~1810년) 공주는 예카테리나의 시어머니 엘리자베타 페트로브나 여제의 사생아 딸, 한마디로 예카테리나의 시누이다. 알렉세이 A. G. 라주모프스키가 아버지라고 알려져 있지만, 그 밖의 모든 것은 의문에 싸여 있다. 예카테리나는 타라카노바 공주가 왕위를 위협할지도 모른다는 불안감에 유럽에 있던 공주를 러시아로 강제 소환해 모스크바의 이바노프 수도원에 유폐시켰다. 타라카노바는 미사도 혼자 따로 지낼 정도로 고립되어 있다가 예카테리나 여제가 죽은 뒤에야 풀려났다.

5 이반 6세(Иван VI, 1740년~1764년)는 러시아제국의 황제(재위 1740년~1741년)다. 엘리자베타 여제는 갓난아기에 불과한 이반 6세가 즉위하자 1741년 근위병들과 함께 쿠데타를 일으켜 권력을 장악했다. 이반 6세는 이름도 없는 '죄수 제1호'로 감옥에 갇혔다. 엘리자베타에게는 사생아 딸밖에 없었고 표트르 대제의 혈통으로 황위를 잇고 싶은 마음이 강했기 때문에 즉위한 지 얼마 되지 않아 조카인 표트르를 황태자로 임명했다. 그 뒤 즉위한 예카테리나는 이반 6세를 중심으로 반란이 일어날 것을 염려해 이반 6세를 처형했다.

6 표트르 1세 알렉세예비치(Пётр I Алексеевич, 1672년~1725년)는 러시아제국 로마노프 왕조의 황제(재위 1682년~1725년)다. 영토 확장으로 러시아제국의 기초를 확립해서 표트르 대제(Пётр Великий)라 불린다. 러시아 역사상 대제 칭호를 받은 사람은 예카테리나 2세와 표트르 1세뿐이다.

7 샤를-루이 드 스콩다 몽테스키외(Charles-Louis de Secondat Montesquieu, 1689년~1755년)는 계몽주의 시대의 프랑스 정치사상가다. "인간은 생각이 적을수록 말이 더 많아진다"는 명언을 남겼다.

8 프랑수아-마리 아루에(François-Marie Arouet, 1694년~1778년)는 필명인 볼테르(Voltaire)로 널리 알려진 프랑스의 계몽주의 작가다. "내가 있는 곳이 낙원이다"라는 명언을 남겼다.

9 드니 디드로(Denis Diderot, 1713년~1784년)는 프랑스의 계몽주의 철학자이자 작가다. "마음을 위대한 일로 이끄는 것은 오직 열정, 위대한 열정뿐이다"라는 명언을 남겼다.

10

가치 있는 죽음을
준비하라

클레오파트라 7세(Cleopatra VII)

본명 클레오파트라 7세 필로파토르(Cleopatra VII Philopator)
재위 기원전 51년~기원전 30년(프톨레마이오스 13세~15세와 공동 통치)
출생 기원전 69년, 이집트(프톨레마이오스 왕국) 알렉산드리아
사망 기원전 30년 8월 12일, 이집트(프톨레마이오스 왕국) 알렉산드리아(향년 39세)

클레오파트라의 코가 조금만 낮았더라면 세계의 역사는 달라졌을 것이다.

– 블레즈 파스칼[1]

Cleopatra VII Philopator

티베르 강변의 빌라에서 하루 저녁에 100명의 젊은 귀족 남자들과 난교를 벌였다더라.

남녀 태아의 발육 속도에 차이가 있는지 궁금해서 임신한 여자 노예의 배를 갈라 아이의 발육 정도를 확인했다더라.

디오 카시우스,[2] 키케로, 플루타르코스, 조지 버나드 쇼,[3] 셰익스피어, 푸시킨,[4] 시오노 나나미[5]……. 수많은 작가들이 소문의 주인공을 악녀로 묘사했다.

옥타비아누스[6]는 그녀를 '나일강의 마녀'라 불렀다.

'세계 최고의 미녀'를 꼽는 설문에는 항상 그녀의 이름이 나온다.

그녀는 바로 이집트 프롤레마이오스 왕조 최후의 파라오, 클레오파트라 7세다.

하지만 클레오파트라에 대한 소문이나 비난은 정치적 의도에서 비롯되었다. 로마의 이집트 정복을 정당화하기 위해서는 악녀가 필요했던 것이다. 그 당시에도 그리스나 시리아, 이집트 사람들은 클레오파트라를 '이집트에서 가장 사려 깊은 여인'으로 묘사했다. 그녀는 악녀가 아니라 이집트의 독립을 지키기 위해 노력한 정치가였을 뿐이다.

클레오파트라는 얼여덟 살에 남동생 프톨레마이오스 13세와 결혼해 이집트의 공동 파라오가 되었다. 하지만 아홉 살의 남편은 환관 포티누스, 장군 아키라스, 여동생 아르시노에와 손을 잡고 클레오파트라를 몰아내려 했다. 그렇게 아라비아

클레오파트라로 추측되는 흉상
프톨레마이오스 왕조는 기원전 305년부터 기원전 30년까지 이집트를 다스렸다. 남자 통치자들은 프톨레마이오스라 칭했고 여자 통치자들은 클레오파트라, 아르시노에, 베레니체로 불렸다. 우리가 아는 클레오파트라는 클레오파트라 7세로 이름 뒤의 숫자는 현대 역사연구가들이 편의상 붙인 것이다. 프톨레마이오스 왕조가 통치할 당시 이집트의 수도는 알렉산드리아였고, 이집트의 전통과 함께 그리스의 문화도 유지해가고 있었다. (베를린 구 박물관 소장)

국경의 시골로 추방된 클레오파트라는 때를 기다렸다.

스물한 살, 살기 위해서는 쉰둘의 카이사르[7]를 유혹해야만 했다. 둘둘 말린 양탄자가 풀린 뒤 드러난 나신의 그녀를 카이사르는 거절하지 않았다.

얼마 뒤 프톨레마이오스 13세가 살해되었다. 그녀는 막내 남동생인 프톨레마이오스 14세와 결혼해 다시 파라오가 되었다. 모두 카이사르가 뒤에 있어서 가능한 일이었다.

카이사르의 아들 카이사리온를 낳고 함께 로마에 입성할 때는 모든 것을 얻은 듯했다. 하지만 카이사르가 암살당한 뒤 공개된 유언장에는 옥타비아누스를 후계자로

가이우스 율리우스 카이사르
클레오파트라의 첫 남편 프톨레마이오스 13세는 아홉 살에 왕위에 올랐기 때문에 실권은 환관 포티누스와 장군 아키라스가 잡고 있었다. 포티누스는 클레오파트라를 몰아내고 클레오파트라의 여동생 아르시노에를 프톨레마이오스 13세와 결혼시키려는 음모를 꾸미고 있었다. 때마침 카이사르(Gaius Iulius Caesar, 기원전 100년~기원전 44년)가 도망친 폼페이우스를 잡으러 알렉산드리아에 왔고, 클레오파트라는 카이사르를 유혹하는 것만이 자신과 이집트를 위해 최선이라는 것을 알았다.

삼고 안토니우스를 유언집행 책임자로 지명했지만, 클레오파트라는 물론 유일한 아들 카이사리온에 대해서는 전혀 언급이 없었다. 한마디로 카이사르는 카이사리온을 정당한 자식

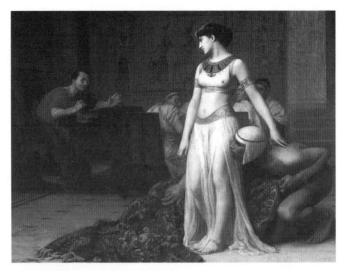

클레오파트라와 카이사르의 만남
클레오파트라는 프톨레마이오스 13세에게 추방당한 상태였고, 카이사르는 이집트에서 무슨 일을 당할까 몹시 경계하고 있었기 때문에 둘의 만남은 드라마틱하게 이루어졌다. 클레오파트라는 나신으로 양탄자에 둘둘 말린 채 심복에 의해 카이사르가여는 연회 장소로 운반되었다. 카이사르 덕분에 클레오파트라는 이집트에서 정권을지킬 수 있었다.
남편이자 남동생 프톨레마이오스 13세는 얼마 뒤에 죽었는데, 클레오파트라와 카이사르에 반발해 전쟁을 일으켰다가 전쟁 중 사망했다는 설과 환관들의 반란으로 사망했다는 설이 있다. (그림 : 장 레옹 제롬, 1866년)

으로 인정하지 않았다.

   카이사리온이 로마 통치자가 되리라는 꿈에 부풀어 있던 클레오파트라는 배반감에 치를 떨며 이집트로 돌아왔다. 그리고 허울만 남편이었던 프톨레마이오스 14세를 독살하고 당시 세 살이었던 아들 카이사리온을 파라오로 만들어 공동 통

클레오파트라와 카이사리온 (이집트 덴데라의 신전 부조)

카이사리온(Καισαρίων)은 프톨레마이오스 15세로 어릴 때부터 어머니 클레오파트라와 이집트를 공동 통치했다. 본명은 필로파토르 필로메토르 카이사르(Πτολεμαῖος ΙΕ΄ Φιλοπάτωρ Φιλομήτωρ Καῖσαρ, 기원전 47년~기원전 30년)이고, 별칭인 카이사리온은 '작은 카이사르'라는 뜻으로 카이사르의 아들이어서 붙은 이름이다.

치를 시작했다.

3년 뒤, 클레오파트라는 로마의 최고 권력자가 된 안토니우스[8]의 부름을 받았다. 이집트의 독립을 지켜내느냐 여부는 안토니우스의 마음에 달려 있었다.

마침내 클레오파트라를 기다리고 있던 안토니우스 앞에 진홍색 돛을 단 금색 배가 나타났다. 황금 자수를 놓은 비단 장막 아래 아프로디테로 분장한 클레오파트라가 누워 있었다. 큐피드로 분장한 미소년들이 부채질을 하고, 바다의 요정 네레이스 분장을 한 시녀들이 은빛 노를 저었다.

클레오파트라에게 한눈에 반한 안토니우스는 개선식도 로마가 아닌 알렉산드리아에서 거행했고 페니키아, 시리아, 키프

클레오파트라와 안토니우스의 만남

안토니우스(Marcus Antonius, 기원전 83년~기원전 30년)와 클레오파트라는 터키의 타르수스에서 처음 만났다고 전해지지만, 사실 첫 만남은 클레오파트라가 열네 살 때 이루어졌다. 클레오파트라의 아버지 프톨레마이오스 12세가 반란으로 쫓겨났을 때 안토니우스가 군대를 이끌고 와서 그를 구해줄 당시 이미 두 사람은 서로에게 호감을 품고 있었다. (그림 : 엘마 테디아, 1883년)

마르쿠스 안토니우스

카이사르도 안토니우스도 클레오파트라와 만났을 때 이미 결혼한 상태였다. 안토니우스의 아내 풀비아는 클레오파트라에게 푹 빠져서 로마로 돌아오지 않는 남편을 불러들이기 위해 남동생과 공모해 옥타비아누스와 전쟁을 벌였다. 그 소식에 놀라 안토니우스가 달려갔을 때, 전쟁에 패배해 도망치고 있던 풀비아는 병으로 죽어버렸다. 안토니우스는 옥타비아누스와 화해하기 위해 옥타비아누스의 누이 옥타비아를 아내로 맞아서 몇 년간은 클레오파트라와 아이들을 잊고 지냈다. (바티칸 미술관)

로스, 유다 등 로마의 속주들을 클레오파트라에게 선물로 주었다. 그는 자신이 죽으면 클레오파트라 옆에 묻어달라는 유언장까지 만들었다.

하지만 클레오파트라는 카이사르가 죽었을 때 정부 취급을 받았던 비참한 과거를 떠올리며 결혼을 요구했다. 결국 안토니우스는 아내 옥타비아와 이혼하고 클레오파트라와 결혼해 두 사람 사이에서 태어난 쌍둥이를 적자로 만들었다. 안토니우스와 클레오파트라는 세 아들이 로마를 분할해서 공동 통치하는 미래를 계획하며 행복해했다.

하지만 그 행복은 그리 오래가지 않았다. 안토니우스에게 강제로 이혼을 당한 옥타비아는 삼두정치의 한 축이었던 옥타비아누스의 여동생이었다. 여동생이 당한 모욕에 분노한 옥

클레오파트라의 문
터키 남부 도시 타르수스에 있는 이 문은 클레오파트라와 안토니우스가 처음 만난 곳에 세워졌다. 속칭 '암캐의 문'이라 불리기도 하고, 사도 바울의 고향이기 때문에 '사도 바울의 문'으로 불리기도 한다.

켈수스 도서관
현재 터키 에페소에 있는 이 도서관은 로마 집정관 켈수스(Kélsos)를 위해 그의 아들이 지은 2층 건물이다. 현재는 터만 남아 있다. 안토니우스와 클레오파트라는 이곳에서 데이트를 즐겼다고 한다. 클레오파트라는 애서가로도 유명하다. 이집트 왕위계승 전쟁 당시 알렉산드리아 도서관에 불이 나자 클레오파트라가 카이사르에게 화를 냈다거나, 안토니우스가 페르가몬 대도서관의 책을 모두 선물해주었다는 일화가 전해져 내려온다.

타비아누스는 안토니우스에게 선전포고를 했다. 그렇게 해서 악티움해전이 벌어졌고, 전쟁은 옥타비아누스의 일방적인 승리로 끝났다.

클레오파트라는 미리 만들어둔 자신의 무덤으로 피신했다. 클레오파트라가 죽었다는 소문을 들은 안토니우스는 배를 찔러 자살을 시도했고, 클레오파트라의 품에 안겨 죽음을 맞

악티움해전

기원전 31년, 그리스의 서북부 악티움 앞바다에서 마르쿠스 안토니우스와 옥타비아누스가 로마의 패권을 두고 벌인 해전이다. 옥타비아누스는 안토니우스가 알렉산드리아에서 매일 클레오파트라와 축제를 벌이며 방탕한 생활을 한다고 원로원을 설득해서 결국 이집트 정벌에 나섰다. 하지만 실상은 황위에 대한 욕심으로 시작한 전쟁이었다. (그림 : 로렌조 A. 카스트로, 1672년)

악티움해전 당시의 지도

로마는 해전에 상당히 취약했기 때문에 안토니우스가 충분히 승리할 수 있었는데, 뒤에 있던 클레오파트라가 갑자기 도주해버리는 바람에 옥타비아누스의 일방적 승리로 끝났다. 악티움해전 후 옥타비아누스는 결국 로마 황제의 자리에 올랐다. 옥타비아누스는 카이사르의 후계자로서의 위치를 잘 이용해 크게 성공했으므로 혹시나 카이사리온도 그러지 않을까 염려하여 클레오파트라의 다른 아이들은 살려두면서도 카이사리온은 죽일 것을 명령하였다.

앉다. 옥타비아누스는 안토니우스의 시신을 인계하라고 명령했지만 그녀는 이를 거부했다.

옥타비아누스는 알렉산드리아에 입성하자마자 카이사르의 편지를 모두 불태우고, 클레오파트라와 카이사르의 아들 카이사리온도 죽여버렸다. 클레오파트라의 운명도 이미 정해져 있었다.

하지만 그녀는 이집트의 파라오였다. 250년이나 지속된 프톨레마이오스 라지드 왕가에서 클레오파트라만큼 이집트를 사랑한 파라오는 없었다. 클레오파트라는 민중의 언어인 이집트어를 구사할 줄 아는 유일한 파라오였으며, 스스로를 이집트 태양신 '라'의 딸이라 공언하고 이시스와 하토르를 위한 제사를 지낸 유일한 파라오였다.

클레오파트라가 바로 이집트였다. 그러므로 그녀의 비참한 죽음은 이집트의 명예와 자존심을 짓밟는 일이었다. 옥타비아누스는 정치적으로 이용할 수 있는 클레오파트라가 혹시라도 자살을 할까 봐 최대한 배려를 해주었다. 시녀들도 자유롭게 왕래하게 해주었다. 클레오파트라는 며칠 동안 식사를 제대로 하지 못한 상태였다.

그리고 시녀 한 명이 클레오파트라가 가장 좋아하는 과일인 무화과 바구니를 가져왔다. 보초병은 아무런 의심 없이 시

사형수들에게 독약을 실험하는 클레오파트라

고대 파피루스 문헌을 보면 클레오파트라는 독약에 대해 잘 알았을 것으로 추정된다. 클레오파트라는 사형수를 죽일 때 교수형이나 참수형으로 죽이지 않고 동식물의 독약을 투여하게 해서 어떤 독약을 쓸 때 고통 없이 죽는지를 관찰, 기록했다. 사형수에게 독극물을 투여하고 죽어가는 과정을 지켜보며 연회를 즐기는 '함께 죽는 모임'은 악티움해전 이전에 자주 열렸다고 한다. (그림 : 알렉상드르 카바넬, 1887년, 안트베르펜 왕립미술관)

녀를 통과시켰다. 바구니를 받은 클레오파트라는 여왕의 옷과 보석으로 치장한 뒤 꽃 속에 누웠다. 그러자 바구니 바닥에 숨어 있던 아스피스[9]라는 독사가 스르르 빠져나와 그녀의 가슴을 물었다.

죽은 그녀의 곁에는 옥타비아누스에게 보내는 한 통의 편지가 남아 있었다.

저는 로마의 위대한 영웅을 파멸시킨 불행한 여자입니다.

비록 저의 잘못이 클지라도 그대의 부친 카이사르를 생각해서 저의 시체를 욕되게 하지 마시고 무사히 장례를 치러주시기를 바랍니다.

고대 이집트 프톨레마이오스 왕조의 마지막 파라오, 클레오파트라는 39년 인생을 그렇게 마감했다.

수많은 예술작품에서 묘사한 것과는 달리 클레오파트라는 당시 기준으로도 빼어난 미인은 아니었다고 한다. 뒷면에 클레오파트라의 이름이, 앞면에 얼굴이 새겨진 동전은 유일하게 클레오파트라의 얼굴을 알 수 있는 시각적 자료다. 다른 기록과 종합해볼 때 클레오파트라는 150cm의 작은 키에 매부리코, 이중 턱, 두꺼운 목, 통통한 몸매의 소유자였다. 그런 클레오파트라가 어떻게 세계 최고의 미인이 되었을까?

이에 대해서는 여러 가지 설이 있다. 미인의 형상은 약해 보이기 때문에 여왕의 위엄 있는 이미지를 강조하기 위해 일부러 못생기게 동전을 주조했다는 설, 당시 이집트에서는 특징을 과장되게 조각하거나 그리는 경우가 많았다는 설, 옥타비아누스가 제위에 오른 후 자신의 정통성을 확보하기 위해 클레오파트라에 대한 악소문을 확대 과장하는 과정에서 클레오파트라의 미모도 과장되었다는 설 등이다.

클레오파트라 동전
뒷면에 클레오파트라의 이름, 앞면에 얼굴이 새겨진 동전은 유
일하게 클레오파트라의 얼굴을 알 수 있는 자료다. 동전에 새겨
진 얼굴은 당시 기준으로는 어땠을지 모르지만 현재 기준으로
는 그다지 미녀라고 보기 힘들다.

    또한 프톨레마이오스 왕조는 혈통의 순수성을 유지시키기
위해 매우 극단적인 방법으로 근친혼을 시행했기 때문에 매부
리코 같은 특성이 점점 더 극대화되었다는 설도 있다. 실제로
클레오파트라의 아버지 프톨레마이오스 12세는 여동생과 결
혼해서 클레오파트라를 낳았다.
    어쨌든 그녀가 카이사르와 안토니우스라는 당대의 권력자
들을 사로잡은 비결은 단순히 외모가 아니었다. 클레오파트
라는 문학, 과학, 수학, 철학, 천문학, 수사학, 의학 등 모든
분야의 책을 닥치는 대로 읽는 독서가였다. 또한 마케도니아
어와 그리스어는 기본이고 에티오피아인, 아프리카 동굴인, 히
브리인, 아랍인, 시리아인, 메데스인, 파르티아인과도 그들의

Found: the sister Cleopatra killed

Forensic experts believe they have identified the skeleton of th sister, murdered over 2,000 years ago

TIMES

> The n
  Muga
> Fritzl
  'good
> Marxi
  powe

JERUS

Arsinoe, the sister murdered by Cleopatra

timesonline.co.uk

클레오파트라의 여동생 아르시노에

〈클레오파트라 : 킬러의 초상화(Cleopatra : Portrait of a Killer)〉라는 제목으로 BBC 에서 방송한 다큐멘터리는 터키 에페소에서 아르시노에의 유골을 발견했으며, 법의 학적 복원 과정을 통해 그녀의 외모가 아프리카인의 특징을 보이는 것으로 확인했다 고 주장했다. 아르시노에와 클레오파트라는 프톨레마이오스 12세의 딸이지만 어머니 가 달랐으며, 아르시노에는 클레오파트라를 몰아내고 파라오가 되려다 클레오파트 라에게 살해되었다.

클레오파트라의 딸(표지)

클레오파트라는 카이사르와의 사이에서 카이사리 온을 낳았고 안토니우스와의 사이에서 쌍둥이 남 매 알렉산드로스 헬리오스와 클레오파트라 셀레네 2세, 막내아들 프톨레마이오스 필라델푸스를 낳았 다. 그 가운데 성년이 될 때까지 살아남아 역사 속 에 뚜렷한 자취를 남긴 자식은 딸인 셀레네 2세뿐 이었다. 이 소설은 셀레네 2세의 이야기를 담고 있 다. 옥타비아누스는 클레오파트라의 자식들을 죽 일 경우 로마 여론이 악화될 것을 우려해 카이사리 온을 제외한 나머지 자식은 로마로 데려갔다.

언어로 이야기할 수 있을 정도였다. 음악적 재능도 뛰어나서 다양한 악기를 연주했고, 승마 등의 운동에도 소질이 많았다고 한다. 한마디로 권력자들이 대화를 나누고 취미를 함께 공유할 수 있는 수준 높은 여성이었던 것이다.

클레오파트라의 인생에서 가장 극적인 장면은 역시 죽음이다. 클레오파트라의 죽음에 대해서는 안토니우스와의 동반자살설, 독가스 자살설, 음독자살설, 타살설, 에이즈 감염에 의한 병사설 등 수많은 설이 있다. 옥타비아누스가 살해하고 자살로 위장했다는 설도 있다.

클레오파트라
클레오파트라 딸인 클레오파트라 셀레네는 안토니우스의 공식적인 미망인이자 옥타비아누스의 누나인 옥타비아가 키웠다. 셀레네는 로마의 동맹국인 아프리카 누미디아 (Numidia)의 유바(Juba) 2세와 결혼했으며, 이들은 아프리카 북부 지중해 해안에 새로운 도시 카이사레아를 건설했다.
(그림 : 귀도 레니, 1639년, 독일 포츠담 신궁전)

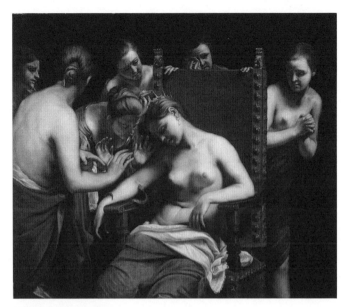

클레오파트라의 죽음
클레오파트라는 일반적으로 독사에 가슴을 물려 자살했다고 전해지고 있다. 하지만 정확한 것은 아무것도 없다. 독사의 독을 넣은 머리핀으로 유방을 찔렀다는 설도 있고, 어떤 기록에서는 정작 뱀 이빨자국 같은 것은 없었으며 팔에 의심되는 부위가 있었을 뿐이라고도 한다. 또 어떤 학자는 소크라테스가 마시고 죽은 독당근주스와 아편을 섞어 마셨다고 주장하기도 한다. 어쨌든 옥타비아누스는 결국 클레오파트라를 전리품으로 끌고 가지 못했고, 그 대신 초상화를 그려서 로마로 가져갔다고 한다. (그림 : 귀도 카냐치, 1658년, 빈 미술사 박물관)

가장 대표적인 것이 뱀을 이용한 자살설이다. 아름다운 모습으로 누운 채 뱀에 물려 죽다니, 모든 예술가들이 그 죽음에 매혹될 만하다. 그리고 나 역시 그렇게 아름다운 죽음에 이끌렸다.

누군가가 내게 세상에서 가장 무서운 병이 무엇이냐고 묻는다면 나는 '우울증'이라고 답할 것이다. 그만큼 우울증은 끈질기고 심각하게 날 괴롭혀왔다. 우울증의 가장 심각한 증상 중 하나는 자살충동이다. 극도의 무기력 속에서 유일하게 꿈틀대는 것이 자살에 대한 유혹이다.

내가 사는 14층 아파트에서 뛰어내리고 싶은 충동을 참느라 울기도 많이 울었다. 자동차 핸들을 틀고 싶은 생각이 솟구쳐 갓길에 차를 세운 채 밤새도록 앉아 있었던 적도 있었다. 게다가 나는 과학 전공자답게 독극물에 대한 지식도 풍부하고 직업상 독극물에 접근하기도 쉬웠다. 지금도 내 노트에는 수많은 자살 방법이 적혀 있다.

나는 무조건적인 비폭력주의자. 어떤 이유로든 생명에 대한 폭력 자체를 용납해서는 안 된다는 신념이 확고하다. 삶은 위대한 뭔가를 해내는 게 목적이 아니라 살아내는 것 자체가 목적이라고 매일 되뇌었다. 내 생명도 내가 보호해야 하는 생명이니 해쳐서는 안 되다고 나 자신을 매일 설득했다. 하지만 감정은 내 마음대로 되지 않았다. 그리고 감정은 이성과 신념보다 훨씬 강했다.

악티움해전이 벌어지기 전 클레오파트라는 살아서 전리품으로 이용당하기보다는 이집트의 마지막 파라오로 위엄 있게

클레오파트라의 죽음
클레오파트라의 죽음을 묘사한 글에는 여왕이 침대 위에, 한 시녀는 그 발밑에, 또한 시녀는 방문을 향해 쓰러져 죽어 있었다고 기록되어 있다. 독사는 한 번 물면 독이 약화되어 동시에 세 명을 죽이기는 힘들기 때문에 클레오파트라가 일산화탄소 중독으로 사망했을 것이라는 주장도 있다. (그림 : 한스 마카르트, 1875년, 뉴 갤러리)

나는 악녀가 되기로 결심했다

자살하기 위해 철저히 준비했다. 클레오파트라는 사형수를 이용해 어떤 독이 가장 편안하게 죽을 수 있는지 실험했고, 자신의 무덤을 미리 만들어두는 등 만약의 경우에 대비했기 때문에 자살은 신속하고 정확하게 이루어졌다.

나도 이왕이면 클레오파트라처럼 우아하고 아름다운 모습으로 죽고 싶었다. 그러기 위해서는 차분히 죽음을 준비해야했다. 일단 유언장을 작성했다. 상처받을 가족들과 친구들에게 편지도 썼다. 인터넷으로 장기기증서약서를 등록하고, 건강의료보험공단을 방문해 사전연명치료거부서도 등록했다.

그렇게 죽음을 준비하다가 깨달았다. 추락, 자동차 사고, 독극물……. 내가 알고 있는 수많은 자살 방법은 더 이상 쓸수 없었다. 내 생명은 나만의 것이 아니었다. 내가 죽고 나서내 장기를 받아 새로운 인생을 살아갈 사람들의 마지막 희망이기도 했다. 그들의 간절한 소망일지도 모르는 내 육체를 내마음대로 할 수는 없었다.

타인을 위한 희생과 봉사정신으로 죽음에 대한 유혹을 물리쳤다면 정말 아름다운 이야기가 될 수도 있겠지만 사실은그렇지 않다. 생존본능을 억누르고 솟아오르는 자살충동을잠재운 것은 우습게도 나의 허영심이었다.

아무 가치 없는 보잘것없는 죽음은 싫었다. 사람들이 내 죽음을 대하고 "나 같아도 비참해서 죽고 싶었을 거야" 하고 말하는 것이 아니라 "도대체 왜 죽은 건지 모르겠다"며 안타까운 의문을 가졌으면 한다. 죽음은 최악의 순간이 아니라 최고의 순간에 맞아야 했다.

희생과 봉사정신이 아닌 위선과 가식으로 이루어진 장기기증이라 해도 어쨌든 장기기증서약은 내 죽음을 명예롭고 가치 있게 만들어줄 최고의 수단 중 하나였다. 평범한 인생이었지만 죽음만큼은 우아하고 아름답게 기억되고 싶었다. 그래서 나는 내 의지가 아니라 신의 의지에 따른 죽음을 기다리기로 결정했다. 그게 언제 어디서가 될지 몰라 장기기증서약 마크가 새겨진 운전면허증과 사전연명의료의향서 등록증 카드를 항상 지갑에 넣어 가지고 다닌다.

아름답고 가치 있는 죽음을 준비하라!

그것이 클레오파트라가 내게 알려준 악녀의 십계명이다.

1 블레즈 파스칼(Blaise Pascal, 1623년~1662년)은 프랑스의 심리학자, 수학자, 물리학자, 철학자다.

2 디오 카시우스(155년~229년 이후) 또는 카시우스 디오 코케이아누스(Cassius Dio Cocceianus)는 로마제국 시기의 역사가이자 정치가다. 디오 카시우스는 아이네이아스가 이탈리아에 도착한 시기부터 로마의 건국 이후 서기 229년까지를 다룬 80권으로 구성된 《로마사》를 편찬했다. 이 책은 로마사 연구의 주요 자료 중 하나다.

3 조지 버나드 쇼(George Bernard Shaw, 1856년~1950년)는 아일랜드의 극작가, 소설가다. 1925년 노벨문학상을 수상했다. "우물쭈물하다 내 이럴 줄 알았지"라는 묘비명으로 유명하다.

4 알렉산드르 세르게예비치 푸시킨(Александр Сергеевич Пушкин, 1799년~1837년)은 러시아의 시인이자 소설가다. 〈삶이 그대를 속일지라도〉라는 시가 유명하다.

5 시오노 나나미(しおのななみ, 1937년~)는 일본 출신의 소설가다. 이탈리아의 역사와 관련된 다수의 작품을 저술했으며, 《로마인 이야기》가 유명하다.

6 임페라토르 카이사르 디비 필리우스 아우구스투스(기원전 63년~서기 14년)는 로마제국의 초대 황제다. 본명은 가이우스 옥타비우스 투리누스(Gaius Octavius Thurinus)였으나 카이사르의 양자로 입적된 뒤 가이우스 율리우스 카이사르 옥타비아누스로 불렸다.

7 가이우스 율리우스 카이사르(Gaius Iulius Caesar, 기원전 100년~기원전 44년)는 고대 로마공화국의 정치가, 장군, 작가다.

8 마르쿠스 안토니우스(Marcus Antonius, 기원전 83년~기원전 30년)는 고대 로마공화국의 정치인, 장군이다.

9 코브라나 살모사라는 설도 있다.

참고자료

《누구나 세계사》, 레베카 퍼거슨, 작은책방(해든아침).
《라이벌-세계의 흐름을 바꾼 역사 속 10대 앙숙들》, 콜린 에번스, 이마고.
《루 살로메》, 프랑수아즈 지루, 해냄출판사.
《마녀에서 예술가로-오노 요코》, 클라우스 휘브너, 솔.
《마지막 파라오 클레오파트라》, 마르탱 콜라, 해냄출판사.
《메디치 스토리》, 크리스토퍼 하버트, 생각의나무.
《미술관에 간 의학자》, 박광혁, 어바웃어북.
《불멸의 여인들》, 김후, 청아출판사.
《비아 로마-로마의 50개 도로로 읽는 3천 년 로마 이야기》, 빌레메인 판 데이크,
    마인드큐브.
《세계 악녀 이야기》, 시부사와 다츠히코, 삼양미디어.
《세계사를 움직인 100인》, 김상엽, 청아출판사.
《세계사 다이제스트 100》, 김희보, 가람기획.
《세계사의 전설 거짓말 날조된 신화들》, 리처드 솅크먼, 미래M&B.
《악녀대전》, 기류 미사오, 반디출판사.
《여왕의 시대-역사를 움직인 12명의 여왕들》, 바이하이진, 미래의창.
《영국의 역사》, 나종일 · 송규범, 한울아카데미.
《이야기 영국사》, 김현수, 청아출판사.
《엘리자베스 1세》, 앨리슨 위어, 루비박스.
《제국의 태양 엘리자베스 1세》, 앤 서머싯, 들녘.
《제왕열기》, F.E.A.R, 들녘.
《죽음을 그리다(세계 지성들의 빛나는 삶과 죽음)》, 미셸 슈나이더, 아고라.
《찰스 디킨스의 영국사 산책》, 찰스 디킨스, 옥당.
《측천무후》, 샨샤, 현대문학.
《카트린 드 메디치》, 장 오리, 들녘.
《카트린느 메디치의 딸》, 알렉상드르 뒤마, 레인보우퍼블릭북스.
《커플》, 바르바라 지히터만, 해냄출판사.

《클레오파트라》, 래티시아 앵그라오, 종이비행기.
《클레오파트라》, 아델 제라스, 맑은가람.
《클레오파트라—파라오의 사랑과 야망》, 에디트 플라마리옹, 시공사.
《클레오파트라의 딸》, 프랑수아즈 샹데르나고르, 다산책방.
《프랑스 왕과 왕비》, 김복래, 북코리아.
《18인의 위대한 황제들》, 후안신주, 이른아침.

나무위키 https://namu.wiki/w/
도로시 파커 소사이어티 https://www.dorothyparker.com
보그 공식 홈페이지 http://www.vogue.co.kr
브리태니커 백과사전 https://www.britannica.com
서울신문 https://www.seoul.co.kr/
영국 국립문서보관소 www.nationalarchives.gov.uk/
영국 왕실 공식 홈페이지 www.royal.gov.uk/
영국의 유산 블로그 http://blog.english-heritage.org.uk/
오노 요코 공식 홈페이지
    https://www.namedat.com/yoko-ono-bio.html
위키백과(한국어, 영어, 일어)
    https://ko.wikipedia.org/wiki/
    https://en.wikipedia.org/wiki/Main_Page
    https://ja.m.wikipedia.org/wiki
위키원드 https://www.wikiwand.com/
조선일보 홈페이지 https://www.chosun.com
존 레논 공식 홈페이지 http://www.johnlennon.com/
헬스코리아뉴스 http://www.hkn24.com
히스토리 https://www.history.com

이 책을 읽고 많은 사람이 묻고 싶어 할 것이다. 지금은 우울증이 나았느냐고.

아니다.

일반적으로 정신병은 완치가 없다. 단지 그 증상이 약해지는 관해(완화)가 있을 뿐이다. 나도 마찬가지다. 언제나 나아졌다 싶으면 다시 재발하는 것이 우울증이다.

그렇게 삶이 끔찍하고 처참했냐고?

그렇지 않다.

나는 대한민국 평균의 삶을 살고 있다.

야근을 밥 먹듯 하지만 월급은 쥐꼬리만 한 직장에 다니며 2년마다 전셋값이 오를까 봐 전전긍긍한다. 다른 모든 여자들이 그렇듯이 스스로 뚱뚱하다고 생각하며 다이어트를 하겠다고 결심하고는 "오늘까지만 먹어야지"를 반복한다.

퇴근해서 집에 들어오면 씻지도 않고 침대에 눕기 일쑤인 데다 운동해야지, 친구 만나야지 잔뜩 주말 계획을 세웠다가 결국은 주말 내내 잠만 자는 일도 허다하다.

그러니까 나도 그냥 평범한 사람이라는 이야기를 하고 싶었다. 정확하게는 평범한 사람도 우울증에 걸려 정신과 치료를 받을 수 있다는 말을 하고 싶었다. 나처럼.

우울증은 누구나 걸릴 수 있는 흔한 병이다. 누군가는 우울증을 '마음의 감기'라고 했지만, 감기로도 사람은 죽을 수 있다.

몇 년 전, 친구가 자살을 했다.

아무도 그 친구가 우울증이라는 사실을 눈치채지 못했다. 누가 내게 그 친구를 소개해달라고 하면 화목한 가정의 외동딸로 태어나 4년제 대학을 졸업하고 공무원으로 일하는 '평범한' 친구라고 소개했을 것이다. 우울증을 앓고 있던 나도 그 친구가 우울증이었다는 사실을 받아들이기 힘들었다. 친구들과 어울려 수다 떨기를 좋아하고, 만 원짜리 물건을 살 때도 여기저기 비교해가며 최저가를 찾아내고, 어쩌다 연예계 뜬소문이라도 들으면 눈을 반짝이는, 어디서나 볼 수 있는 아이였다. 그리고 잘 웃는 아이였다.

나도 마찬가지였다. 내 주변 친구들은 아직도 내가 우울증이라는 사실을 믿지 못하겠다고 한다. 내가 우울증이라는 것을 인식한 뒤로 난 더 잘 웃었다. 사소한 일에도 깔깔거리며 의식적으로 웃으려 노력했다. 자존심이 상했다. 정신병에 대한 사람들의 편견이 얼마나 견고한지 알기에. 낯선 타인에게 내 약점을 드러내기 싫었기에. 그래서 언제나 과장되게 명랑하고 쾌활한 척했다. 그게 오히려 더 병을 키울 것이라는 생각은 하지 못했다.

어느 날 문득, 친구와 같은 선택을 하고 싶었을 때 비로소 깨달았다. 우울증을 치료하지 않으면 더 이상 살 수 없다는 것을.

내 손으로 날 죽이고 말 것이라는 예감은 뱀처럼 나를 휘감았다. 스르르, 차갑고 매끄러운 뱀의 비늘이 내 살갗을 스치는 느낌에 소름이 끼쳤다.

그날, 아주 많이, 울었다.

내가 아직도 살아 있는 것을 신께 감사할 마음은 아직까지 없다. 그러니까 내 우울증은 지금도 진행 중이다. 그저 다시 자살 충동에 휘둘리지 않을 정도의 여유를 겨우 되찾았을 뿐이다.

난 예전에도 몇 번이나 정신과 치료를 받았다. 가장 길었던 기간이 겨우 3개월 정도였다. 직장에 다니면서 저녁마다 병원에 가는 일은 쉽지 않았다.

그리고 또다시 난 정신과 상담을 받고 있다. 그나마 병을 치료한다는 이유로 휴직까지 했기에, 우울증이 금세 심각해질 수 있다는 것을 경험했기에 꾸역꾸역 병원에는 가고 있다. 다행히 항우울제 효과도 조금은 있는 것 같다. 이번 상담이 마지막 상담이 되길 바라지만 그렇게 되지 못할 것을 이미 알고 있다. 완치되지 않는 병과 싸운다는 것이 가끔 나를 무기력하게 만들지만, 포기하지는 않을 것이다.

그러니 반복되는 우울증으로 인해 괴로워하는 사람들에게 말해주고 싶다. 여기, 어쩌면 당신이 생각하는 것보다 훨씬 가까운 곳에서 우울증과 싸우는 사람이 또 있다고. 당신만 아픈 게 아니라고. 당신이 아픈 것은 손가락질을 받을 만한 비윤리적인 일도 아니고, 애써 숨겨야만 하는 부끄러운 일도 아니라고.

그리고 우울증을 한낱 꾀병쯤으로 여기는 사람들에게 말해주고 싶다. 우울증도 질병이라고. 내 마음대로 되지 않는다고. 울고 싶지 않아 울고 싶은 게 바로 우울증이라고.

바로 옆에 앉아 있는 평범한 사람도 우울증에 걸릴 수 있다는 사실을 사람들이 알아주었으면 좋겠다. 나처럼 그리고 내 친구처럼. 우울증은 뇌가 부리는 심술로 인한 병이지 개인의 의지나 신념, 가치관, 노력과는 무관하다는 사실도 믿어주었으면 한다.

내가 쓴 글이 우울증 환자들에게 조금이라도 도움이 되었으면 하는 바람으로, 우리 모두가 명랑 쾌활한 악녀가 되었으면 하는 기도로 글을 마친다.

예술가적 기질은 충분한테 재능이 충분하지 못한 딸을 뒷바라지하며 노년을 보내고 계신 부모님께 이 책을 바친다.

내가 살아내려고 노력하는 것은 모두 부모님 때문이다.

엄마, 아빠.

사랑합니다.

그리고 고맙습니다.

새우와 고래가 숨쉬는 바다

나는 악녀가 되기로 결심했다
– 적극적으로 실천하면 인생이 편한 '악녀십계명(惡女十誡命)!'

지은이 | 심은영
펴낸이 | 황인원
펴낸곳 | 도서출판 창해

신고번호 | 제2019-000317호

초판 인쇄 | 2020년 05월 01일
초판 발행 | 2020년 05월 08일

우편번호 | 04037
주소 | 서울특별시 마포구 양화로 59, 601호(서교동)
전화 | (02)322-3333(代)
팩시밀리 | (02)333-5678
E-mail | changhaebook@daum.net / dachawon@daum.net

ISBN 978-89-7919-182-0 (03810)

값 · 15,000원

ⓒ심은영, 2020, Printed in Korea

이 도서의 국립중앙도서관 출판예정도서목록(CIP)은 서지정보유통지원시스템 홈페
이지(http://seoji.nl.go.kr)와 국가자료종합목록 구축시스템(http://kolis-net.nl.go.
kr)에서 이용하실 수 있습니다.(CIP제어번호 : CIP2020015382)

Publishing Club Dachawon(多次元)
창해 · 다차원북스 · 나마스테